万万人中遇见你

丁立梅 著

金城出版社
GOLD WALL PRESS

图书在版编目（CIP）数据

万万人中遇见你 / 丁立梅著 . — 北京：金城出版社，2017.1
ISBN 978–7–5155–1443–7

Ⅰ. ①万… Ⅱ. ①丁… Ⅲ. ①散文集 – 中国 – 当代 Ⅳ. ① I267

中国版本图书馆 CIP 数据核字 (2016) 第 302740 号

万万人中遇见你

作　　者	丁立梅
责任编辑	丁洪涛
开　　本	880 毫米 ×1230 毫米　1/32
印　　张	10.25
字　　数	120 千字
版　　次	2017 年 3 月第 1 版
印　　次	2018 年 10 月第 3 次印刷
印　　刷	大厂回族自治县德诚印务有限公司
书　　号	ISBN 978–7–5155–1443–7
定　　价	38.00 元

出版发行	**金城出版社** 北京市朝阳区利泽东二路 3 号 邮编：100102
发 行 部	(010)84254364
编 辑 部	(010)64210080
总 编 室	(010)64228516
网　　址	http://www.jccb.com.cn
电子邮箱	jinchengchuban@163.com
法律顾问	北京市安理律师事务所　18911105819

序　言

写这个序言时，我刚好看到一个姑娘给我的留言：

请问您，什么样的爱情才值得拥有？应该选择一个爱你的还是你爱的？

——好经典的一个话题！不知多少青春男女，曾为此纠结过。我的答案是，能让人愉悦的爱情，能使人变得更美好的爱情，能彼此成就的爱情，才值得拥有。我会选择一个我爱的人，前提是，他也刚好爱我。

然“爱情”是个讨厌鬼，它根本不在乎你给它设定的那一套，你对它期许有多少，失望就有多少。它阴晴不定，行踪不明。有时，它如云山雾海。有时，它似春花烂漫。有时，它是温柔的一只小猫。有时，它又是咆哮的老虎。它有花的容颜，露的清澈，雪的晶莹，也有岩石的犀利嶙峋。它能如软风抚平你愁苦的每一丝褶皱，也能像一把利剑，戳破你的心。你一旦与它相逢，就是前世今生。你为它茶饭不思。你为它形容消瘦。你为它痴。为它狂。为它笑。为它哭。为它辗转反侧。为它披肝沥胆。为它关山望遍，恨不得化成一块守望的岩石，“青青子衿，悠悠我心”，“一日不见兮，思之如狂”，“天涯地角有穷时，只有相思无尽处”。要命的是，你还一副完全不争气的样子，心甘情愿被它驱使、摆弄和奴役，在它为你设置的荆棘上跳舞、歌唱，卖力地想得到它的青睐。你是中了它的蛊。

我们所有人都不免要中了它的蛊。只是因为，它就是一个甜蜜的诱惑，你不舍得，你丢不开，它是与生俱来，誓要与你纠缠不休。哪怕你与它只有顷刻的交会，它所释放出的汁液，也足以滋养你以后很多的岁月，在你的回忆里，久久长长。即便伤着了，痛着了，可是，你还是会选择相信它，再一次义无反顾地沦陷。

这就是爱情的魔力。无论结局如何，都不妨碍它的美。

谁的青春里，没有遭遇过爱情？我唯愿，万万人中，你能遇见你想遇见的那一个。祝福所有的遇见，都有一个美好的开始。祝福所有的缘分，都得以善终。

目录

第一辑 万万人中遇见你

有时的相遇，错过便是万水千山。

第二辑 大风起兮叶纷飞

风起。他与她的血，消融在一起。一片血色的花，汹涌澎湃地摇曳着，映红了半边江。

第三辑 怜取眼前人

满目山河空念远，落花风雨更伤春。不如怜取眼前人。

第四辑 岁月如水水如烟

青春的爱情，总是充满不定数。岁月如水水如烟，水流过，烟飘过，这便算，完结了。

每思念你一回，

我的心里，

就会长出一片青绿的叶子。

我看见它们，

就像看见故交。

也没有什么别的好说的，

只在心里快乐地叹一声：嗨，你也在这里，真好啊。

| 第一辑 |

万万人中遇见你

有时的相遇，错过便是万水千山。

你再捉一只蜻蜓给我，好吗？

陆小卫第一次给我捉蜻蜓的时候，穿着淡蓝的小汗衫，吸着鼻子，鼻翼上缀满细密的小汗珠。他手举一只绿蜻蜓，半曲着腰，对因摔了一跤而坐在地上大哭的我，一遍一遍哄着：“可可，我捉了只蜻蜓给你玩，你不要哭了，好吗？”那一年，陆小卫 8 岁，我 6 岁。

6 岁的蓝心，站在陆小卫的身旁。蓝心吮着小拇指，眼巴巴盯着陆小卫手上的绿蜻蜓。她很想要，但陆小卫不会给她。陆小卫说她长得丑，有时跟她生起气来，就骂她“狼外婆”。“狼外婆”长得很丑么？我不知道。我只知道每次陆小卫骂蓝心“狼外婆”时，蓝心都会大哭着跑回家。不一会儿，蓝心的妈妈，那个跛着一只脚的刘阿姨，就会一手牵着蓝心，一手托着一碟瓜子或是糖果出来寻我们。刘阿姨不会骂我们欺负蓝心，只是好脾气地抚着陆小卫的头，给我们瓜子或糖果吃，而后关照：“小卫，你大些，是可可和蓝心的哥哥哦，要带着两个妹妹好好玩，不要吵架。”陆小卫这时，会很不好意思地低下头去，用脚使劲踢一颗石子。

刘阿姨走后，蓝心慢慢蹭到陆小卫身边，温顺的小猫似的。陆小卫不看她，她就伸了小手小心翼翼去拉陆小卫的衣襟，另一只小手里，一准攥着一颗包装漂亮的水果糖。那糖纸是湖蓝色的，还用一圈的白镶边。是她特地省下来的。“给你。”她把水果糖递到陆小卫跟前，带着乞求的神色。陆小卫起初还装模作样嘟着嘴，但不一会儿，就撑不住糖的诱惑了，把糖接过来，说：“好啦，我们一起玩啦。”蓝心便开心地笑了，一脸的山花烂漫。

陆小卫转身会和我分了糖吃，一人一半。湖蓝的糖纸，被我们的小手递来递去。我们透过它的背面望太阳，太阳是蓝的。望飞鸟，飞鸟也是蓝的。我用它望陆小卫的脸，陆小卫的脸竟也是蓝的。我们快乐地惊叫。整个世界，都是蓝蓝的，一片波光潋滟。

多年之后，我忽然想起，那湖蓝的糖纸，像极了陆小卫给我捉的第一只蜻蜓的翅膀。我后来不哭了，我从地上爬起来，接过陆小卫给我捉的蜻蜓。我用手指头拨它鼓鼓的小眼睛，叫它唱歌。陆小卫笑了，蓝心笑了，我也笑了。

那一年，我、陆小卫、蓝心，一起住在一个大院里。我们青梅竹马，亲密无间。

上小学三年级的时候，父亲要把我们举家搬到另一座小城去，那是父亲工作的城。

那个时候，我和蓝心同班、同桌，好得像一对姐妹花。而陆小卫，已上小学五年级了，常常很了不起似的在我们面前背杜甫的诗词，翻来覆去只两句：感时花溅泪，恨别鸟惊心。

他有时还会和蓝心吵，吵急了还会骂蓝心“狼外婆”。蓝心不再哭，只是恨恨地咬着牙，瞪着眼看着陆小卫。

陆小卫却从不跟我吵，他还是一有好东西就想到我，甚至他最喜欢的一把卷笔刀，也送给了我。

我三年级学期结束时，父亲那边的房子已收拾好了，我们家真的就搬迁了。临走那天，大院里的人，都过来送行。女人们拉着我母亲的手，说着一些恋恋不舍的话。说着说着，就脆弱地抹起眼泪。

我也很难过，背着自己的小书包，跟蓝心话别。而眼睛却在人群里张望着，我在找陆小卫，他一直一直没有出现。

蓝心送我一根红丝带，要我在想她的时候，就把红丝带扎在头发上。我点点头答应了，回送她一把卷笔刀，是陆小卫送我的。蓝心很喜欢它，她曾跟我说过，她最喜欢小白兔了。陆小卫送我的卷笔刀，造型恰恰是一只可爱的小白兔。

陆小卫这时不知打哪儿冒出来，拉起我的手就跑，一边跑一边回头冲我母亲说：“阿姨，可可跟我去一会儿就回来。”

我们一路狂奔，冲出大院，冲出小巷，就冲到了我们惯常玩耍的小河边。那里终年河水潺潺，树木葱郁。陆小卫让我闭起眼睛等两分钟。待我张开眼时，我看到他的手里，正举着一只绿蜻蜓。

“可可，给你，我会想你的。”说完，他转身飞跑掉了。留我，望着手上的绿蜻蜓，怔怔。

我在新的家，很怀念原来的大院。怀念得没有办法的时候，我就给蓝心写信，在信末，我会装着轻描淡写地问一句：陆小卫怎么样了？

蓝心的信，回得总是非常及时。她在信中，会事无巨细地把陆小卫的情况通报一番。譬如他在全校大会上受到表扬。他数学竞赛又得了一等奖。他打球时扭伤了一条胳膊。他不再骂她“狼外婆”，而是叫她蓝心。

我对着满页的纸，想着陆小卫的样子。窗外偶有蜻蜓飞过，它不是陆小卫为我捉的那只，我知道。

在小学六年级的那年暑假，我跑回去一次。蓝心还在那个大院住着，陆小卫却不在了，他随他的家人搬到另一个小区去了。

蓝心长成漂亮的大姑娘，脑后扎着高高的马尾巴。我和蓝心站在街角拐弯处吃冰淇淋，谈陆小卫。蓝心说：“他现在上初中了，个子很高了。”

冰淇淋吃掉后，蓝心去打了一个电话，陆小卫就来了，样子很高很瘦。我们还像从前一样，是三个人，亲密无间。但分明又不是了，我们都长大了。

我们坐在从前的小河边，除了笑，就是沉默。

陆小卫后来打破沉默，说："可可，我给你捉只蜻蜓吧。"蓝心立即热烈响应，拍着手说："好啊好啊，也给我捉一只吧。"

陆小卫就笑了，伸手拍一下蓝心的头说："你捣什么乱？"那举止，竟是亲昵的，而与我，却是生疏的。我觉得心头一暗，太阳隐到了云端里。

一会儿，陆小卫就捉到了一只蜻蜓，红色的，有着透明的翅膀，充满忧伤。他把蜻蜓小心地放到我的手上，蜻蜓的翅膀颤了颤，陆小卫的手，也颤了颤。我抬眼看他，他穿红色T恤，已是翩翩一少年。

蓝心一直追随着陆小卫的脚步走。

陆小卫高中，蓝心初中。陆小卫在北方上大学，蓝心努力两年，也考上陆小卫所在的那所大学。

我却在南方的一所大学里，寂寂。我与他们的距离，相隔了万水千山。

元旦的时候，陆小卫寄我明信片，是他亲手制作的，上面粘着蜻蜓标本。他的话不多，只简洁的几个字："可可，节日好。"

我不给他回寄，只托蓝心谢他。

我跟蓝心一直通信，也通电话。我们天南地北瞎聊一通，然后就聊陆小卫。蓝心说，他是学校的风云人物，是学生会主席，后面迷倒一帮小女生。

我笑得岔气，一边就在纸上写：陆小卫，陆小卫……

陆小卫在他毕业的那年夏天，突然跑到我的学校来看我。他玉树临风地站在我面前，我忍不住心跳了又跳。

我带他去我们学校食堂吃蚂蚁上树还有藕粉圆子。他大口大口吃，说，再也没有吃过比这更好吃的东西了。

我知道，他多少有些伪装。他还像小时那样，总是尽可能地让我高兴。

有疼痛穿心而过。但表面上，我却不动声色。

饭后，我们一起散步，沿着校门外的路走。走累了，我们就一起坐到路边的石阶上。

陆小卫突然问我："可可，你收到我的信了么，我托蓝心寄给你的信？"

"那几天，我正在忙着写毕业论文，没时间跑去寄快递，所以我托蓝心了。"

"快递？"我愣一愣，随即明白了，我含糊着说："早收到啦。"

陆小卫看看我，缓缓掉过头去，艰难地笑："那么，蓝心说的都是真的了，你已经，有男朋友了？"

我大着声笑，我说："是啊是啊。"

夕阳西沉，一点一点地，落在心底。有鸽从高空飞过。这个城市没有蜻蜓，却有鸽。它们成群成群地从城市上空飞过，银色的翅膀上，驮着碎碎的夕阳，——红色的忧伤。

我们不再说话，沉默地望着路对面。对面，并排长着三棵紫薇树，花开得正好，一树红的，两树紫的，细密的花，纷纷扬扬。

“像不像你、我，还有蓝心？”我指着紫薇树故作轻松地问陆小卫。

陆小卫只是若有似无地“哦”了声。刹那之间，我们变成陌生。

陆小卫走后的第二天，我收到蓝心的信，蓝心在信上说：“对不起了可可，我爱陆小卫，从小就爱。而从小，你就什么都比我强，你聪明，长得漂亮，你父母有本事。而我妈妈，却是个残疾人……”

我知道的，蓝心。我在心里面轻轻说。伸手捂住眼睛，不让眼泪掉下来。

不久，陆小卫给我寄来最后一张他亲手制作的明信片，明信片上，照例粘着一只蜻蜓标本。薄薄的翅，透明的忧伤。他的话依然不多，只寥寥几个字。他说：“可可，我和蓝心恋爱了。”

我回，祝福你们。

再不联系。

再相见，已是几年之后，在陆小卫和蓝心的婚礼上。我喝醉了，一点也不记得当时的情形了，印象中，都是蓝心一团甜美如花的笑，雾似的缥缈。

事后，跟我一同去的朋友说，我在醉酒后一直说着一句话："你再捉一只蜻蜓给我，好吗？"

她笑我："瞧你醉的，像个小孩子，还要什么蜻蜓。"

后来，她又说，那一天，同醉的，还有新郎。他喝着喝着，就流泪了，嘴里面也嘟囔着什么蜻蜓蜻蜓的。没有人听得懂。

帘幕无重数

方果果提着一只皮箱走进S大的时候，九月的九重葛，开得正茂密。一朵一朵，极尽欢颜，淡紫，粉红，朱红，莹白。攀援而上，而下，缠缠绕绕，帘幕无重数。方果果对S大最初的印象，不是那高大的钟楼，不是那漂亮的图书馆，不是那一弯湖水绕过的亭台楼阁，不是路过的俊男靓女，而是九重葛。那么多，仿佛一个天地，都是它们的。

方果果站在一丛九重葛下发愣，S大的大，远超过她最初的想象，她以为凭自己完全可以找到报到的地方，母亲要开车送她来，被她拒绝了。结果兜兜转转转了大半天，还是转回原地。她轻咬嘴唇，看来来往往的人，像个迷路的小孩，眼神里，一片茫然。

同学，你是来报到的吧？一声问候，适时极了。方果果微侧了头，抬眼望去，就望见一张男生的脸，瘦，且有些黑，但笑容和暖。九重葛投下花朵的影子，在那张脸上晃。她慌慌地应，是呢。

那好，跟我来吧。男生伸手接过她的皮箱去，一路领着她，先去报到。而后领着她熟悉校园，告诉她哪里是饭堂，哪里是教学楼，哪里是图书馆，哪里是宿舍。极尽细致。

方果果一边嗯啊着，注意力却不在这上面，她望着那些九重葛，也不时偷窥一眼身旁的人，想的是，他怎么这么瘦啊。一路的九重葛开过去，淡紫，粉红，朱红，莹白。朵朵妖娆，惊心动魄。

唐明帮过方果果后，很快就把方果果忘了。他的日程里，有太多的事要做，听课，做家教，还要做送奶工……从早到晚，脑子里装得满满的。

方果果安顿下来，想起那天帮她的那个男生，重重叠叠的九重葛下，他挂一脸和暖的笑。她想，总得去谢人家一下的。但让方果果犯难的是，她当时根本没问人家姓名，也不知他念哪个系。这么大的S大，要找一个人，谈何容易？方果果也只在心里念想了两下，就放下了。

却意外重逢。那是十月快过去了，吹到这个城的风，已有些薄凉。S大校园的九重葛，花也开得零零碎碎的了。周末，方果果一个人闲逛到校门口，看见那里摆一些地摊，有卖旧书的，有卖旧磁带碟片的，很是热闹。方果果想淘两张好的片子带到宿舍去看，就去了卖碟片的那儿。意外地看到一张《魂断蓝桥》的碟，她欣喜地拿手上，仰头问，多少钱？这一仰头，她愣住了，卖碟片的，竟是她初入校时帮她的那个男生。

唐明却没认出她，那日他并没有仔细看过她，在唐明看来，城里的女孩，都是一个样。她们是他远远的景，却永远不会走近。唐明看到惊讶的方果果，笑笑说，这张碟，五块钱。

方果果掏了五块钱，放唐明摊开的手掌上，打趣道，你这么喜欢钱啊？拿了碟片，人却不走，守在摊前，饶有兴趣地看唐明卖碟。

方果果在一张纸上写：唐明，唐明。一张纸正面写完了，反面再写。没处可写了，她才恍然惊觉过来，想，怎么会呢？我怎么会喜欢他呢？然唐明紧抿的嘴唇，坚毅的眼睛，还有眉宇间，那若有似无的忧郁气质，让她牵念。

她去唐明的宿舍找唐明，唐明多半不在，她就和他的舍友们聊天。她渐渐知道了唐明的一些事，吝啬，沉默，哪里有钱可赚，就往哪里奔。他们跟她开玩笑说，唐明眼里只有钱，没有情的。

偶尔会碰到唐明在。唐明很客气地跟她点头，问，方果果，有事吗？语气淡然。

方果果心里有被冷落的荒凉。却无法忘记那日九重葛下，唐明的一句问，同学，你是来报到的吧？笑容和暖。那样的相遇，没有什么特别的，在方果果，却是注定，仿佛等待。

她夹了笔记本，去唐明的班上做旁听生。大三的教程，且是她最不喜欢学的逻辑学，她哪里听得懂？但她，还是认真听下来，只因为，唐明在那儿，唐明是那儿的高材生。

她和唐明的同学，也渐渐混得很熟了，大家都知道有一个叫方果果的小女生，很痴情。有男生暗暗为她不值，在半路上拦了她，怜惜地看着她说，方果果，你这样的好女孩，是要有一个好男孩来爱的，唐明不是，他的眼里，只有钱。

可是，那又怎样？一个人一旦爱了，是没有道理可讲的。她还是走了很远的路，跑到唐明的教室去听课，直到唐明再不能视若无睹。唐明说，方果果，谢谢你的好，你是个好女孩，但我没有时间去喜欢你，我要去赚钱。

方果果的泪，就在冷冷的风里面汹涌，她仰了小脸问，难道，你的眼里真的只有钱？

唐明不看她，看着别处，肯定地回，是的。

一场雪，是悄悄落下的。

S大里，往日开得轰轰烈烈的九重葛，花再难寻，只一些枯枝败叶，从雪里冒出一点两点来，像乡下妇人丢弃的旧头巾。

方果果提了一盒蛋糕，守在唐明宿舍楼下。唐明的生日，她早就记在心上了，贴身口袋里，有给唐明的礼物——一双兔毛线手套，那是她第一次学会针织。

夜渐深。过往的人，有认识方果果的，他们好心地劝她，回去吧，天这么冷，唐明还不知什么时候能回来。

她却固执地等，像守爱的雪人，怀抱消融的勇气。

唐明回来时，S大钟楼的钟，已敲过十一点了。一晚上，他做了两份家教，挣了六十块钱。贫困山区，母亲多病，父亲残疾，弟弟妹妹还小，一家人的甘苦，全系在他的身上。

拐过一丛枯败的九重葛，他意外地看到守候在雪地里的方果果，她倔强的背影，像一枝芦苇。那一刻，唐明坚硬的心，一下子化成一摊水了。他只想沦陷，就这样，沦陷。他什么也顾不得，什么也不要去想，只想把这个女孩拥进怀里，只想好好爱她。

那夜，所有的雪花，都见证了他们的爱情。

他们租了房子在外住。平房，小，要辗转好几站路才能到。但房租极便宜。

方果果孩子似地跳进去，欢天喜地地叫，唐明，这是我们的房子，我们的！她穿了简朴的衣裳，给灰灰的墙刷颜料，是她喜欢的九重葛的颜色，淡紫的。她去旧货市场，淘得一块碎花布，她用它做了小屋的窗帘，风吹帘动，一帘碎花。她还买来小灶，在小灶上做青菜面条。也做鸡蛋羹，等晚归的唐明回来吃。

唐明花两块钱，给她买一枚石头戒指。

唐明给她带两块钱的烤肉串吃。

唐明偷采了人家花坛里的花，月季，天葵，小雏菊，唐明把它们别在方果果的衣襟上，朵朵鲜艳。

方果果快乐地叹，唐明，我现在，什么都不要了，我只要你这样爱我。

唐明说，好。

他们相偎着说永远。水煮大白菜，也是天下最美味的佳肴。

这个时候，他们是上帝疼爱的两个孩子，时光灿烂，如怒放的九重葛，日日天堂。

方果果的母亲，是背着方果果找到唐明的。

当雍容华贵的她，出现在唐明面前时，唐明的心，不知怎的一咯噔。曾经有过种种设想，设想过方果果的出身，设想过她是家里被疼爱的小女儿，衣食无忧地长大。却没想到，方果果的家庭背景里，竟带着这样的华丽。

唐明开始“逼着”方果果恶补英语，考托福。因为他是准备到国外留学的。

方果果所有的空闲，几乎都被唐明用英语填满了。方果果抱怨地说，唐明，我们都没有时间爱了。

唐明轻轻揽了她入怀，一下一下抚着她的发说，果果，将来，我们有的是时间，再慢慢爱。

远远的将来，是九月的九重葛，一路燃开去，朵朵绚烂。

应该是。

方果果陶醉地说，到那时，我们要有一幢自己的房，很大的房，屋顶上，开满九重葛。

唐明笑着答应，好。

秋天的时候，方果果顺利通过托福，唐明却意外落榜了。

唐明解释说，考试那几天，他头疼得厉害，几乎都没怎么做卷，口语对话时更是云里雾里。他对方果果说，果果，你先去，一年后，我会考过去。

方果果不放心地问，唐明，你不会不要我了吧？

唐明说，哪里会？他紧紧搂着方果果，窗外，一只画眉，站在一棵海棠树上，唱得正婉转。

送别的阵容很庞大，方果果家里的人，几乎全体出动。他们开着豪华的车子，一个个衣着光鲜。机场门口，方果果被他们簇拥着，频频回头，她再三对唐明说，唐明，你一定要快点来啊。

唐明笑着点头。他扭转头，佯装望别处，泪水早已蒙住双眼。这时，他的头顶上，划过一枚纸飞机，一个小男孩，蹦跳着走过来，快乐地叫，噢，我的飞机起飞了。他转头再看机场入口处，那里，已不见了方果果。

异国他乡，也有漫天漫地的花开，花红，花白，朵朵艳丽，却不见九重葛。

方果果在信纸上写，唐明，我想你。

信寄到唐明手里，唐明反反复复看，而后在背面一字一字回，好果果，忘了我吧，我们是两个世界的人。

回完这封信，唐明放弃了研究生学业，离开 S 大。母亲病情加重，家里的日子，更趋惨淡，他不得不早早走上社会，拼命赚钱。也为，断了念想，他的，方果果的。当初，他答应过方果果的母亲，爱方果果，就要给她应有的幸福。他所能给予的，就是放手。

只是再不能看见九重葛，一看见，就痛，从眼睛，一直痛到心。

唐明再见到方果果，已是相别十五年后的事了。

十五年，多少人事成沧桑。唐明的母亲，早去世了，弟弟妹妹也都长大成家。他终于不用再拼命赚钱养家了，这个时候，他已有了自己的公司。

身边走过红颜无数，却难有女人，留在他身边。

好友袁宇问他，你是不是受过什么重创啊？这么怕女人。他笑，不答，转身去给一丛九重葛浇水。他喜欢九重葛是出了名的，屋前屋后长着，办公室里养着。花开的季节，他的车子里，总有几朵开得好好的九重葛。

S 大 100 周年校庆，他应邀参加。当年风度翩翩的导师，已老了，两鬓染霜。导师握着他的手，不肯松开，一个劲地摇晃着，导师说，唐明啊，可惜啊可惜，当年你那么有才，却中途放弃学业。

当年？当年是什么？云影花开，都不很真切。唐明笑着，喝下不少酒，微醉，他离开热闹的一群人，独自在校园里走着。十五年的时间，校园里已有不少改观，当年他上课的教学楼，已被一幢新的科技楼所取代。唯不变的，是那些九重葛，攀援而上，而下。一如当年，开得妖娆。

也就走到那一丛九重葛下，就很意外地望见了方果果，那个他牵念了十五年的人。彼时，她正站在九重葛下，呆呆地对着一丛花看，她身上有着花影在飘荡。岁月的痕迹，似乎不曾在她身上逗留，她还像从前一样，清丽婉约。

十五年的思念，突如潮涌，把唐明淹没。他想走上前去，像多年前的那个雪夜，紧紧把这个女子拥在怀里，地老天荒，再不放手。

妈妈，这是什么花呀？一个穿着小碎花裙的小女孩，突然从一丛花后面跑出来，她手举一枝九重葛，跑向方果果。方果果立即弯下腰，抱起小女孩，柔声道，宝贝，这是九重葛呀。唐明前移的脚步，顿住，他远远望了望那对母女，转身走开。他的身前身后，是漫天漫地开着的九重葛，淡紫，粉红，朱红，莹白，帘幕无重数。

每个春天，
都能逢上这样的一场花开，
生命里，
也就多出许多的不舍来。

你只管往前走，
一路的花自会为你开放。

如果有一天，鱼长出了翅膀

他的帽子上，垂挂着两个绒球球

木棉花在我的城，开得火红火红时，洛可在遥远的石家庄对我说："晴霏，你来吧，到我的身边来，我需要你。"只这一句，就让我抛了我优越的工作，不顾父母的眼泪和阻挠，奔赴他而来。

石家庄的气候并不适应我，干燥，少雨。我的嘴唇，很快干裂成大太阳下的盐碱地。

石家庄的饮食也不适应我，馒头大白菜是我最不爱吃的，想吃鱼还得排队买。

可是，这里有洛可在。一个人就是一座城，我爱上这个人，就爱上了这座城。

我们租了房子住，房子在郊外。小巷深深处，独门独院，时光宁静得仿佛永生永世就是这般模样。天空中飘着厚厚的白云朵，我在我们的小院子里种石榴，养海棠。我在厨房的锅上煨红枣莲子汤。我营造着我们的地久天长。

秋去冬来，不过一个季节，洛可就厌倦了这样的日子，他对我说："晴霏，这不是我想要的生活。"

他想要的生活是什么样的？我在他闪闪烁烁的眼神里，找不到答案。

石家庄的春天来得晚，但春天还是来了。当春天的枝条儿，开始抽出绿来，那些嫩黄淡绿的小芽儿，逼出我满眶的泪。生命是这样的蓬勃，我和洛可的爱情，却死了。

阿木推开我的院门时，我正盘腿坐在院子的地面砖上晒太阳。春天的太阳，怎么晒不暖心呢？海棠花儿在我的身后，萎了一地的花瓣。我听到敲门声已久，有声音在问："有人吗？"我懒得动。我在，我不在，与他人何干？

我看到一个脑袋探进来，确切地说，是一顶帽子探进来。白底子，红条纹，更为好笑的是，帽檐边，竟坠着两个白色的绒球球。这样的帽子，换到幼儿园小朋友头上，没的说，可爱之极。可是，它现在戴在一个颇不年少的青年头上。帽子下，一张黑黑的脸，眼睛倒是挺大，忽闪忽闪地盯着我问："请问大姐，你叫宋晴霏吗？"

大姐？我真的很老了么？连这个绒球球都叫我大姐。我没好气地抬头应一声："是又怎样？"

"你的快件。"原来他是邮递员。他递过来一个大信封，我一眼瞥见信封上洛可的字，心扑通往下一沉，不用拆开，我都知道那里面是什么。我的信，我的照片，他统统退给我了，昔日的情爱，再不留余地。

眼泪就那么不争气地狂奔下来，阿木手足无措地站在院门外看着我，小心地探过他那顶白底子红条纹的帽子问："大姐，你没事吧？"

我恶狠狠冲他嚷："碍你什么事！""啪"地关上院门。

一把火，把曾经的情爱，烧了个干干净净。

一朵艳红的康乃馨

再见阿木，是在小巷口。那一日，我正百无聊赖地慢慢走着，想时光真是无情的一柄刀，它剪去我多少欢笑多少青春啊。曾经我一路求学下来，读了研，有了一份人人羡慕的工作，却因所谓的爱情，全部丢开。女友林月在北京，她邀我去北京发展，她说，晴霏，旧情不去，新情不来。

我笑。我还能谈情么？怕了的。房租的期限还有两个月，我打算住满两个月，以后的以后，石家庄这个地方，我不会再来，亦不会再想起。我要彻底遗忘。

阿木吹着口哨，车把上插一朵康乃馨，艳红的，一路摇着车铃而来。他路过一些人家的门口，停下来，一只脚踩在脚踏板上，一只脚踩在地上，叫着："大妈，你家的报。""大婶，你家的信。"时光仿佛倒流了几十年，像某部旧片子里的场景。

我站着等他，我问："有我的信吗？"其实，我是寂寞的，我明知道不会有我的信，在这个年代，像我这般年纪的，谁还会老土到用手写信呢？

阿木显然没认出我，他的嘴唇可爱地向上飞了飞，大眼睛笑成一条缝："你是？"

"宋晴霏。"

"哦。"阿木夸张地拍自己的脑袋，说："你看上去不像那天的那个人嘛。"

他低头，在他的邮包里翻，有些手忙脚乱的。翻半天，也没翻出给我的一片纸片儿来。他抱歉地说："今天没你的信呢。"

我当然知道没有。我好笑地看着他忙乱，觉得这个人的老实，心里暖了一下。阿木显然是怕我失望，突然拔下他车把上的花，递给我："送你。"

我再也憋不住了，放声大笑起来。他愣愣看着我，说："你笑起来很好看。"没等我回话，他跨上车子，一溜烟骑远了。

我擎着一朵艳红的康乃馨，站在春天的阳光下。我有点儿快乐了。

你看你看，小猪那张会哭的脸

跟阿木混熟了，他送完信，会在我的院门口停留，敲门问："姐，你在吗？"

关于姐的称呼，是我斗争了半天才争取来的。阿木其实比我大一年零三个月，他很是后悔第一次见面时，他贸然地叫了我大姐。“你那时候，蓬着头，灰着脸，真的像个大姐的。”阿木有些委屈地说。我不肯让他改口，我说既然叫了，就不能收回。于是我成了阿木的姐姐。

我在房间里放碟片，看《乱世佳人》，看《呼啸山庄》。我给不同的杂志写稿，画插图。阿木看不懂这些，他说他只读了小学。他在我看片或是写稿时，手脚麻利地给我打扫院子，照料花草。他买了不少的花草来，我叫不出名，一律用丫头来称呼，开红花的称二丫头，开白花的是三丫头，依次是四丫头，五丫头。阿木笑坏了，他说我是十丫头。我问他为什么我是十丫头呢？他说不知道，你应该就是十丫头的。想想，又补充一句，十丫头最可爱，最漂亮，最惹人喜欢。

阿木有时，也买来一些菜，给我做他们的家乡菜——湘菜吃。他是穷人家的孩子，一个人出来打拼天下，跑到石家庄来，找到这份邮差的工作，他很满意。他说，一个月可以给家里寄六百块钱呢。我跟着他后面傻乐。

可是，寂寞和疼痛，有时还是蚂蚁啃骨头般的，啃着我脆弱的神经。我常常想起洛可来，想起曾经的爱情，想得泪流满面。我说：“阿木，借个肩膀我倚倚好吗？”阿木不发一言，默默揽了我的头，轻轻拍着我的肩，一下一下。

一次，醉酒。外面下雨，很晚了，阿木要走，我拼命拉着他的手，不肯他走。我攀着阿木的肩哭，仰着头问：“阿木，你爱不爱我？”听不见阿木的声音，他把我搂得紧紧的，手拍在我的肩上，一下一下。

我醒来，太阳已高照。窗台上一盆杜鹃，开得热热闹闹。床头上，有阿木留下的一幅速写画，上面画着一头可爱的小猪，小猪的脸上，有泪珠像大珍珠。特滑稽，特可爱。旁有阿木歪歪扭扭的字：姐，你看你看，小猪那张会哭的脸。

我“扑哧”一声笑出来。

姐，你是鸟，我是鱼。你在天上，我在水里。

林月所在公司的企划部，缺一个主管，林月要我火速赶到北京。

我在犹豫。对阿木，我竟产生一种说不清的依恋。我也渐渐喜欢上吃湘菜，喜欢上微辣的东西。

阿木却努力劝我离开，他说：“姐，你是应该到大地方去发展的人。”他积极帮我清理房里的东西，该卖的卖了，该带走的，全部整理好。并自作主张，去订了一张到北京的火车卧铺票。

我有些失落地笑，开玩笑地问他：“阿木，你就这么烦我想赶我走吗？”

阿木红了脸，阿木说：“姐，你是鸟，你是要飞到很高的地方去的。”

我走的那天晚上，阿木忙了一桌的菜。我们都喝得有些高了，互相说着傻话儿。阿木说，他以后要养一群孩子，女孩子统统叫丫头，男孩子统统叫小子，他领着他们到北京找我，让他们叫我姑姑。我借着酒劲问阿木："阿木，老实告诉姐啊，有没有爱过姐？"

阿木吭哧半天，说："姐，你是鸟，我是鱼。你在天上，我在水里。你说天上的事儿我听，我说水里的事儿你听，我们都很快乐。可如果你到了水里，你会不快乐，我到了天上，我也会不快乐。"

这小子，居然这么哲学这么诗意了一回。我紧紧拥抱了他，我说："阿木，如果下辈子我也做了鱼，你一定要娶我的。"

阿木很认真地点了头。

我们是亲人呐，亲人就是最亲的人

初到北京，我仿佛一滴水掉到大海里，我找不到我了。

安静的性格，使我不能适应公司里复杂的人际关系。为了省钱，我挤在一间潮湿阴暗的地下室里住，大白天也要拉着白炽灯。

心空落得似莽莽荒原。阿木电话来，问："姐，你好吗？"我回："不好。"泪就肆无忌惮地流下来。

阿木在电话那头急："姐，你别哭呀，一切都还有我呢。"仿佛生了千里眼，隔天，他竟给我电汇来一笔数目不小的钱，关照我，一定要找好一点的房子住。他说，环境舒服了，人的心情才会好。我过意不去，我说："你还要给家里寄钱，你哪来的钱啊？"阿木笑："姐，你就放心用吧，你这个弟弟可是有本事的人哦，他能挣钱的。"

我问阿木："阿木，干吗对我这么好？"

阿木笑："你是我姐，我是你弟，我们是亲人呐，亲人就是最亲的人。我不对你好，对谁好呢？"

我抱了阿木送的绒毛玩具狗，笑。有泪盈眶。

我用阿木给的钱，租了一个小套间住，房子虽小，却精致得很。更为难得的是，它外带一个布满阳光的阳台。阿木遥控指挥："姐，再去买两盆'丫头'摆阳台上呀。"我于是去花店，买了两盆花回来，一盆开红花，一盆开白花。

一个人的夜，很长。我给阿木打电话，我说："阿木，你来北京吧，我想吃你做的湘菜了。"阿木就在那头，给我唱他小时唱过的歌——《我爱北京天安门》，他五音不全，却唱得每个音符都在飞。

漫长的夜，渐渐有了温度，我在阿木的歌声里安睡。

他真的做了一尾鱼，回到他的水里面

冬天的北京，下雪了。阿木说："姐，下雪天要记得戴帽子和围巾哦。"

我正往门外冲，听到他这话，又折回去拿帽子和围巾。我说知道了，你怎么啰嗦得像我妈？

然阿木的叮嘱，还是零零碎碎地来：晚上睡觉要关好门哦；一个人晚上不要在街上逛啊；早上不要空腹上班；辣的东西吃多了不好；电脑旁要买盆仙人掌放着……

这个时候，我已渐渐适应了北京的生活，有了我自己的一片天地。有时我真是烦他，我说我又不是小孩，我知道的。

阿木就在电话那头好脾气地笑：“姐，你那么爱哭，我怕你哭嘛。”

我突然想起阿木画的那张小猪的画，我笑起来。

日子开始锦绣山河了。我谈了男朋友，一个很不错的男孩子，居然和我是同一所大学毕业的，只不过他比我早毕业了两年。我告诉了阿木，阿木很不放心地问：“姐，他对你好吗？”我说：“当然，若对我不好，我能接受他吗？”阿木沉吟半天，问：“他有我对你好吗？”我被他问住，愣愣地，一时不知如何回答。阿木先自笑了，阿木说：“姐，跟你开玩笑呢，你喜欢的人，肯定错不了。”随即他又很义气地说：“姐，你告诉他，你在石家庄有个弟弟，他若敢对你不好，你这个弟弟是要为你报仇的。”我大笑，心里暖洋洋。

恋爱并不是一帆风顺，日子里也有诸多不开心，每每这时，我首先想到的是阿木，我说：“阿木，我难过了。”阿木就唱歌给我听，还声情并茂地朗读诗歌给我听。我讶异极了，我说阿木，你啥时学会这个了？阿木鬼笑，说：“这是秘密，阿木的秘密，不告诉你。”

阿木出事是在冬天就要过去的时候，那个时候，北京地坛的迎春花，已绽开了鹅黄的蕊。而我的心情，却是灰灰的，我以为的花好月圆，不过半年时间，又离我远去。心被伤得东一块西一块的，再拼不完整。我告诉阿木，我想念石家庄，想念那个小院子，想吃他烧的湘菜。阿木在那头沉默，阿木说："姐，一切都会好起来的，好人有好报，姐，你是好人，你一定会幸福的。"

我虚弱地笑，我说："阿木，不管我如何的不堪，你都不会离开我的，是不是？"

阿木的承诺落地有声，阿木说："姐，这还用说嘛！"

心里有暖，一点一点氤氲开来，淹没了凉的心。

阿木出事的那天，我正常在公司上班，突然感到浑身不对劲，我的眼皮跳得特别厉害，我莫名其妙地想着阿木，眼前总是晃着阿木笑着的样子。我拨打阿木的手机，我准备开他的玩笑，告诉他，阿木，姐想你了，你看我的眼皮一直在跳。我想象阿木在那头开心地笑，阿木会开心的。

阿木的手机，却怎么也打不通。

无边的黑夜吞没的感觉，我丢了魂似地在北京大街上转，我一个劲安慰自己，阿木不会有事的，阿木只是去乡下了。我这才明白，阿木，他已成了我生命中不可或缺的一个人。

阿木死了的消息，我是在两天后才得知。他死于溺水。晚归的路上，他骑车过桥，因避让迎面而来的一辆大卡车，他一头栽进薄冰的河里，他真的做了一尾鱼，回到他的水里面。

石家庄我曾住过的小院，阿木死前，一直住那儿。我辞了北京的工作，搬进去，我打算在石家庄待一段日子。小院里，花草们开始冒出新芽。房间的桌上，摞着一沓书，是些自学考试的书，上面落满阿木的笔迹。一本硬抄本上，密密地记载着我和他交往的点点滴滴，扉页上写着这样的话：鱼有鱼的生活，鸟有鸟的日子。如果有一天，鱼长出了翅膀，是不是就可以追上鸟？

栀子花，白花瓣

姚可可留意着宿舍楼后的栀子树，已有些时日了。那棵树长得很隐蔽，倚着墙角，躲在一排桂花树后。五月的微风拂过，密集的绿叶子里，竟探出一张素白的小脸，是栀子花开了。先是一朵，后又一朵，再一朵……姚可可日日跑去看，小心摘一朵，夹书里。夜里，刘莹闻到姚可可床上的花香，缠了姚可可问，哪来的？姚可可坚决不肯吐露栀子花的秘密，姚可可说，买的。

姚可可确信，偌大的大学校园里，除了她，再没有第二个人发现它。有更多的繁华旖旎，让那些俊男靓女们沉溺。而她，是那么平常的一个女生，喜欢独自捧本书，寻找安静的角落，坐下来，一看就是大半天。就像那棵沉默的栀子。

那日，照例去看栀子，却意外发现一个男生，正提着购物袋在摘花，满树的栀子花，眼见得没了。姚可可慌了，尖叫，你怎么可以这样？

男生显然受了惊吓，缩手，回头，一双细长眼，眯成一弯月。阳光透过繁密的枝叶，筛落下来，波光粼粼。他就站在一片波光粼粼中，对着姚可可笑了，你是可可？语调里，满溢着惊讶和欣喜。

可可，你的塌鼻子，怎么还没长高？他接着抛出这句，脸上的神情，已换成嬉皮笑脸的了。这神情，姚可可熟极，除了方兴宇，还能有谁？

童年，小山村，外婆家。总有酸酸的山楂果可吃，还有大枣和小毛桃。外婆家旁的野小子方兴宇，大姚可可一岁，上树下河，无所不做。他带了她玩，却总惹得她哭。她生来的扁鼻子，他就塌鼻、塌鼻地叫她。这一叫，就叫了好些年，一直叫到他们都长大。

高一那年，姚可可的外婆病重去世，她最后一次去小山村，碰到方兴宇，他已长成英俊的大男生。他们并排坐在从前玩过的大枣树下，听山风吹得呜呜呜的。姚可可想，疼她的外婆走了，这个小山村，将与她，再没有任何联系了。

长长的静默中，风吹叶落。间或有鸟，在远处的山谷中，拖着长调叫，呜哇——

方兴宇突然转脸看着她，认真地说，塌鼻，你要好好的。

这一句，像亲人的叮嘱。一些年后，姚可可记忆的触须，总会有意无意地碰触到这句话，碰触到这个人，心里有点酸，有点甜。是山楂果的味道。

方兴宇摘的那袋栀子花，很快到了一些女生手里，她们发出欢喜的叫声，方兴宇，再给我一朵，再给我一朵。方兴宇眯着细长的眼，分发他手上的栀子花，一边分，一边好脾气地说，别急别急，都有都有。

那是他组织的舞蹈队，清一色的女生，跳一曲《望春风》。每年的六月份，学校都要搬出一台文艺汇演，有送旧迎新的意思。这年的文艺汇演，是方兴宇负责。其时，他念大三，已是校学生会宣传部的文艺部长。

他带姚可可去见那些女生，他介绍，这是我的塌鼻妹妹。女生们哄笑起来，塌鼻？弄得姚可可尴尬不已。女生们冲姚可可和气地点头，她们请她吃话梅，最后连话梅袋子都给了她。于是空闲的时候，姚可可就跑去看她们排练，看方兴宇貌似专业地指导她们：挥臂，腾跳，对，再腾跳。

咖啡色T恤，白色休闲裤，方兴宇的穿着，随意里见着潇洒，那样子，是别人学不来的。这很招女生们喜欢，一帮女生围着他，像花蝴蝶。

方兴宇对谁都好。女生们要求，方兴宇，弹一曲听听。他答应一声，好。坐到钢琴前，十指弹跳下，瀑布一样的钢琴声，哗哗哗地流淌开来。女生们要求，方兴宇，我们跳累了，请我们吃冰淇淋吧。方兴宇就跑去买来冰淇淋。他买给姚可可的，除了冰淇淋外，还有山楂片，粉色小盒子装着，圆圆的山楂片躺在里面，像小红唇。他在众目睽睽下，举着山楂片，献宝一样献给姚可可，他冲那些女生解释道，我的塌鼻妹妹，从小就喜欢吃山楂。很宠她的样子。

姚可可吃着山楂片，舌尖上，酸酸甜甜。

没人的时候，姚可可装着不经意地问他，方兴宇，你喜欢她们中的哪一个？他歪了头看她，笑露出一排洁白的牙，思索了一下后回答她，都喜欢。

最最喜欢哪一个呢？她不依不饶。

穿白裙子，长头发的那一个，方兴宇说，我们是高中同学，都认识六年了。方兴宇脸上的笑容，渐渐淡了，现出认真严肃的模样。

姚可可知道那个女孩，叫林心月。很好听的名字，很漂亮的女孩。她的心，有些薄凉。

大四下学期，方兴宇开始为找工作奔波，常常一连半个月不见人影。

姚可可想他，在抬头或低头的刹那。想得心疼。那些日子，天空总是蓝得很澄清，又一年的栀子花，开了，黄蕊，白花瓣。她的同学，都在加紧谈恋爱。

她有些，寂寞了。

男生高原拦住她时，是在一个黄昏，夕阳美丽得如红气球。高原给她看一些照片：她坐在小河边看书；她在一树的栀子花下沉思；她伏在桌上写字；她手插在格子裙的口袋里走路……她惊讶极了，问高原，这些照片哪里来的？

高原诚实地说，我偷拍的。很早就喜欢你了，你与班上的所有女生，那么不同，你的骄傲，是在骨子里的。

她笑愣在半路上。心里想的却是，这话，为什么不是方兴宇说呢？

方兴宇过五关斩六将，竟考进一家媒体单位做记者。

签下合同的那一天，他在姚可可宿舍楼下大着声叫，塌鼻妹妹！塌鼻妹妹！惹得整幢宿舍楼的女生们，都探出头伸长了脖子看。

姚可可一路跌跌撞撞跑过去，方兴宇等她跑到近前，只是轻轻拍了拍她的头说，没事了，塌鼻妹妹，我就是想看看你，你上楼去吧。说完，他转身走，那边，正候着一长发女孩，是林心月。

姚可可傻傻地望着他们远去的背影，心里的怨恨迭起，方兴宇，你当我是谁啊？

林心月突然去找姚可可。

毕业之际，宿舍里很有些兵荒马乱了，到处散落着方便面盒子，饼干袋子……大家都是早出晚归，每个人都奔波在应聘路上。林心月就是这个时候，敲开姚可可的宿舍门的，她在一地的方便面盒和饼干袋子中，踮着脚尖走到姚可可跟前，说，姚可可，我是来向你求助的。

她跟她说起她和方兴宇的故事，八年相恋，从高中，一直到大学毕业，到找工作，她一路跟着方兴宇。甚至他最初上大学的费用，都是她父母替他交的。她的家人，早已把他当成家中的一员，却换不到他一句承诺。她眼底有泪盈盈。

她问姚可可，到底怎样，方兴宇才肯好好爱？

轰的一下，姚可可只觉得心的哪块缺了口，风也灌进来，雨也灌进来。

她表面上不动声色，笑着告诉林心月，方兴宇喜欢蓝色，爱吃辣。还喜欢，吃大枣。

姚可可放弃了找工作，决心回家乡。她的父母得知她这个决定，自是欢喜不迭，天下有比一家人永远在一起更好的事吗？没有的。母亲电话里兴奋地告诉她，我把你的房间重新装修一下，帮你铺上花地毯。

方兴宇知道姚可可要走，问她，为什么不留在这儿呢？这儿有更多的机会让你发展啊。她低头，不看他，说，我想家呢。方兴宇哦一声，不再说什么。

姚可可走之前，方兴宇执意要请她吃饭，在他的租住房。他买了很多菜，在厨房里丁丁冬冬。油烟蒸腾中，他探出一张脸来，第一次没叫她塌鼻，他说，可可，你知道吗，我一直想亲自做顿饭给你吃。她笑问，为什么？他说，你那么安静，那么小。

这是理由吗？好像是，又好像不是。姚可可倚着厨房门看他，厨房里氤氲着温馨如许，让她有一阵恍惚，她想，我和他，如果可以，是不是就这样淡定着，在时光中一起慢慢老去？

那盘西红柿炒鸡蛋他做得太咸了。

姚可可吃了一筷子，转过脸去。他问她，怎么不吃了呢？她说，你看，窗外的夕阳多美啊。

是真的美，一树开得很像栀子花的花，白花瓣都被染成橘红，像热恋中女子的脸庞。

他们，却没有爱情。坐上返家的列车，姚可可收到林心月发来的信息，林心月说，可可，谢谢你。

高原追到姚可可的小城去，是两个月后的事。

那日，姚可可刚刚下班，正沿着街道慢慢往家走。风中飘来桂花香，甜蜜缠人。姚可可左右环顾，想找到那棵飘香的树。高原突然意外地出现在她面前，一脸憨笑地望着她，说，可可，我也在这里找到工作了。

这个固执的男孩，居然放弃了大城市的诱惑，跑到她的小城来，那一刻，姚可可的心，软软地动了一下。她说，你太傻了。

姚可可带高原回家见父母，父母看着这个貌不惊人的男孩，打心眼里喜欢，他们一致认为，这孩子，实在。现在要找一个实在的孩子，难。

方兴宇的电话，是在一个夜里响起的，那个时候，姚可可正在收拾书橱。高原说，过两天，他要把他的书搬过来，和她的书放在一起。她同意了。

一本书掉落下来，从里面跳出一枚粉色书签，是当年方兴宇买山楂片给她吃，包装山楂片的盒子，她把它做成书签收藏着。

她对着书签看，童年的小山村，大学里的栀子花，还有那曲《望春风》……一切，都遥远成海角天涯，再抵达不到。

电话里，方兴宇口齿不清地叫她，可可，可可，我喝酒了，喝很多的酒了。我要结婚了，我欠她的，我没有办法。你知道我喜欢你的，都喜欢二十年了，你知道的……十六岁那年，你说你要考到江南读大学，我记住了，我报了你要考的学校，在那里等你……我在栀子树下看见你，我多开心啊，却一直不敢牵你的手，不敢对你说喜欢，我有我的苦衷……你知道的，你走了，我多么想你，很想很想的……

姚可可蹲下身，倚着书橱软弱无力地哭了。纵使再有二十年，他们还是无法汇合的两条河流，错过，也就错过了。她说，方兴宇，你好好的罢，我也要，结婚了。

高原送姚可可一副银手镯，他觉得抱歉，他对她保证，可可，等我赚了钱，一定给你买个钻石的。

姚可可慢慢靠到他的肩上，这个男人，他长相不俊，他家境一般，他没有和她青梅竹马，但他有足够的勇气爱她。她的泪，无声地滑落。

父母操心着她和高原的事，催她结婚。她想也没想，答应了。

小城的栀子花开得浓香四溢的时候，姚可可披上了婚纱，做了高原的新娘。一派的喧闹中，她总觉得哪里有双眼睛在看她，细长的，忧郁的。她确信那是方兴宇，转身去寻，却不见。

改天，却收到方兴宇寄来的礼物——一枚水晶胸针，上有雕花，开成栀子花的模样。是以他和林心月双双的名义寄的。随胸针寄来的，还有他的便笺，他说，可可，我们去看过你了，看到你很幸福，我们也很幸福。

姚可可收起那枚胸针，也收起了从前的念与想。

几年后，姚可可出差省城，意外地与林心月相遇。五月的阳光，钻石一般，让人眩晕。她们站在一棵梧桐树下，友好地微笑，友好地握手。姚可可的心突然跳得很疼，那个长着一对细长眼睛的人，那个喊她塌鼻的人，他好吗？却听到林心月平静地说，可可，他没有和我结婚。

原来，那年，林心月也是欢天喜地地穿了婚纱，欢天喜地地要做方兴宇的新娘的。他却在结婚前夕，喝得酩酊大醉，满脸是泪地叫着姚可可的名字，反反复复说的是，他想娶的人是可可。满室的宾客全惊呆了，而林心月终于知道，等待多年的爱，原是空了心的。她放手了。后来，方兴宇去找过姚可可，撞见的却是一袭婚纱，两张幸福的脸。他黯然远走，从此失了音信。

林心月问，若是他回来了，你还爱吗？

姚可可没有答。她仰头望天，半晌才说，林心月，你看，太阳多好啊。而她心里，满世界的阳光，早已碎成三更梧桐雨，点点滴滴。

人活的，
原不是年龄，
而是心态。
只要心态不老，
你就永远不会老。

千年的风沙漫漫，
谁的流年，
叠着谁的光影？

穿过我的黑发你的手

初冬的小镇，阳光长了细绒毛

窄小的街道。青石板铺就的路。初冬的小镇，阳光长了细绒毛，淡淡地，飘在空中，落在人家的房屋顶上。

街两边，是那种入得水墨画的房。青砖黛瓦。木板门。早上一扇门一扇门移开来，晚上一扇门一扇门插上去。这是古镇，有六七百年的历史呢。里面的居民，骨子里，都透着古。他们开片小店，做着小生意。门前一把旧藤椅，常有老妇人或是老先生在上面躺着，夏纳凉，冬取阳。他们看街景，一年四季地看。街景有什么可看的呢？无非是看路过的人，东家的故事，西家的故事，他们知道得很多。日子悠闲。

那个初冬，我披着一身阳光的细绒毛，怀里抱着几册课本，走在青石板上。十六岁，我在镇上中学念高中。我穿棉布的衣，棉布的鞋，头发扎成一束马尾巴。我看见陌生人会脸红。喜欢坐在教室窗前发呆。喜欢看窗外树上的鸟。我交了一些笔友，在遥远的他方。我们常有书信往来，谈一些所谓的人生理想。其实，那个时候，我哪里懂得什么人生理想，我的理想，乱七八糟。我甚至想过，不读书了，去跟镇上一瘸腿女人后面学裁缝。

做剃头匠的父亲责骂我，没出息！他扫起地上一圈一圈的黑发，把它们装进角落里的麻袋里，说，以后考不上大学，你就只能干这个。他的生意，总是做得不咸不淡。常对我们说的是，养活你们容易吗？

我埋下头来读书，心里有莫名的忧伤。我给远方的笔友写信，给他们描绘古老的镇，窗外总是开着一些紫薇花，永远的一树粉红，或一树浅白。我说我期盼着到远方去。笔友回信，对我所在的古镇，充满向往。这让我感到没劲，有不被理解的怅惘。

我在这样的怅惘里，走过那条每天必走三个来回的街道。午后，小街静静的，只有阳光飞落的声音，轻得像叹息。我是在偶然间一抬头，望见彭成飞的。那时，他正站在一家店门前，对着对街的房屋顶看。细长的眉毛，细长的个子，白色的风衣。他的肩上，落满了阳光的细绒毛。他的身边，有两个工人模样的人，正在拆卸门板。

他的目光，是突然收回的，突然落在我的身上，只淡淡扫了一眼，仿若蜻蜓的翅，掠过水面，复又飞上半空去了。可我的心里，却涟漪暗起。我的脸红了，像被人偷窥了秘密似的，我匆匆越过他身边，逃也似地走远。

那天夜里，我做了一个梦，梦见郊外，开满蒲公英。阳光浅淡，一朵一朵盛开在空中，像开好的蒲公英。彭成飞站在一片蒲公英的花丛中，冲我笑，叫着我的小名：小蕊，小蕊。

我花苞苞一样的心，在那个初冬，幽幽地，一点一点绽开。

这个外省来的青年，仿佛从天而降

小镇终日无新闻。所以，一点的小事，都可能成为新闻。

何况是关于彭成飞的呢？这个外省来的青年，仿佛从天而降。他整日一袭白衣的打扮；他细长的眉毛；他像糯米一样的口音；他大刀阔斧改装了他姑姑的老房子，把它装修得像个水晶球……这一切，无不成了小镇人茶余饭后的谈资。

我的父亲，阴沉着一张脸，坐在理发店里。自从彭成飞到来后，他理发店的生意，越发地凋落下来。来理发的，只剩下一些老主顾，年轻一代的，都被彭成飞吸引去了。彭成飞在小镇上开了首家发廊，彩色的字打出的广告语，牵人魂魄——美丽，从头开始。

小镇上的女孩，开始蝶恋花似的，往彭成飞那儿飞，她们恨不得一天一个发型。她们兴奋地讨论着彭成飞的种种，艺校毕业的呢，声音多绵软啊，眼睛多好看啊，手指抚在发上，多温柔啊……更让她们兴奋的是，他还不曾谈对象。有女孩开始为他失眠。

我每天，都从彭成飞的发廊门口过。我用七步走过去，再用七步走过来，七步的距离，我走过他门前。

彭成飞在忙碌，他微侧着脸，细长的眉毛，飞着，脸上在笑。他给顾客做头发，十指修长，洁净得很好看。他的姑姑——一个上了年纪的老妇人，偶尔在店里坐。他就一边帮客人做头发，一边跟她说话。他的声音，听上去，真软，软得让人想伸手握住。

有时，店里面会传出音乐声，流水一样地流出来。一段时期，他喜欢放萨克斯的《回家》，千转万回。我听得每个音符都会哼了，彭成飞对我，却还是陌生着。他不知道，他的门前，每日里走着一个女孩，那个女孩花苞苞一样的心，虔诚地朝向他，一点一点，幽幽绽放。

我从没踏进彭成飞的发廊一步。十六岁的这个初冬，我开始学会伪装，每次路过他门口，我都装作若无其事地走着自己的路。一步，一步，一直走完七步。我脑后的马尾巴，一蹦一跳。

我要穿着小红靴，从白雪地里，走向他

同桌阿水，拨弄着一头细碎的黄发，问我她理什么样的发型才好看时，季节已到深冬了。

我陪着阿水去理发。我知道阿水，其实是想去看彭成飞。

彭成飞看看阿水，看看我，问，你们两个都理发吗？

阿水拼命点头，复又摇头，她慌张得全晕了头了，眼睛只顾盯着彭成飞看，一句话也说不出。

我脸红红地说，我不理发，她理。

彭成飞细细的眉毛向上飞起来，他笑了。他问，你们还是学生吧？又对着我看，说，你的头发发质很好，如果理个碎发，会很好看的。

阿水扯我的衣襟，那么，小蕊，你也理吧？

我回，不。彭成飞就又笑了，他让阿水坐到理发椅上，他修长的指，轻轻抚过她的发。阿水仰了头问，我理什么发型好看呢？彭成飞说，你放心，我会让你满意的。阿水听了，就很乖巧地笑。

彭成飞一边帮阿水理发，一边跟阿水聊天。阿水竹筒倒豆子似的，恨不得把所有的都告诉彭成飞。她说她十六岁了，过了年就十七岁了。她说她和我同桌，读高一。她说她叫林阿水，我叫秦蕊。阿水说到我的名字时，彭成飞抬头看了我一眼，冲我笑了一下，说，很好听的名字啊。

又聊到功课念得怎么样。阿水不好意思地说，我们都念

得一般般啦。彭成飞哦了声，说，要好好念书呀，争取考个好大学呀。

我转过脸去，看墙上的画。画只一幅，白雪的大地上，一穿红靴的女子，披一头浓密的黑发，黑发瀑布一样的，倾泻。白与红与黑，色彩对比强烈，美得惊心动魄。

阿水的发理好了，可爱的童花头。相貌平平的阿水，看上去，漂亮极了。彭成飞看着镜子里的阿水，问阿水，满意吗？阿水一迭声答，满意满意。

回去的路上，阿水兴奋得呱呱呱，每句话里，蹦出的都是彭成飞。我听得漫不经心，我想的是，我要留长发，我要攒钱买一双小红靴。我要穿着小红靴，从白雪地里，走向他。

穿过我的黑发你的手

一年的时间，我的发，已长至腰部。黑而亮，瀑布般的。

父亲看不惯我的长头发。他的剃刀，几次要落到我的发上，都被我拼死护住。

我把长发，细心地辫成两条小辫子。我只想，为一个人抖落。

我还穿棉布的衣，棉布的鞋，走在窄窄的街道上，走过彭成飞的发廊前。一步，一步，走过去七步，走过来，依然七步。七步的距离里，我装作若无其事，心却渴盼得憔悴，我多想他能朝外望一眼，望见走过他门前的那个女孩，花苞苞一样的心，虔诚地朝着他，幽幽地，一点一点绽放。

然他一次也没有看过我，哪怕蜻蜓点水式的也没有。

这期间，我又陪阿水去过两次彭成飞的发廊。彭成飞每次都陌生地看着我们，笑问，你们两个都理发吗？

阿水叫，我是阿水啊，上次到你这儿来理过发的。

彭成飞就低了头想，嘴里疑惑，阿水？

阿水又拖过我去，这是秦蕊啊，上次也是我们两个一起来的。

彭成飞哦一声，扫我一眼，笑，你这名字很好听。

我脸红了，掉头去看墙上的画。那幅画还在，穿小红靴的女人，站在雪地里，一头的黑发如瀑。

理完发出来，阿水表现得很伤心，阿水说，人家一点也记不住咱们。

那个冬天奇冷，却不下雪。

寒假很快到来。雪终于在小镇上空飘得像模像样了，只一盏茶的工夫，外面的世界，已一片银白。我拿出新买的小红靴，穿上。正在炉上煮萝卜汤的母亲，抬头看我一眼，说，不是要留着过年穿的吗？我撒谎，张老师约我去她家呢。我说的张老师，母亲知道，就住在小镇上。母亲没再说什么，我很顺利地出了门。

我出门的第一件事，就是解散了我的两条小辫子，我的黑发，如瀑地披下来。我走在雪地里，脚上的小红靴，像两朵开放的花。有路人说，这姑娘的红靴子，多漂亮啊。我笑，心里说，这可是我积攒了一年多的零花钱买的呢。

我一步一步，走向彭成飞。像雪地里的一只红狐狸。

我远远看到的却是，彭成飞和一个眉眼盈盈的女孩子，正在发廊门前堆雪人。

我还是，走了过去，径直走到彭成飞跟前，我说，我要理发。

彭成飞讶异地看着我，说，好。他转身关照那个女孩，新雅，等我一下，我一会就好的。女孩子点头，冲我笑，说，这么长的头发，怎么舍得剪掉？

彭成飞这才注意地看了看我，犹豫地站住问，这么长的头发，你舍得剪掉吗？

我坐到理发椅上，我说，给我理个碎发吧。彭成飞说，好。他修长的指，终于落到我的发上面，指尖微凉，穿过我黑黑的发。

我的发，一绺一绺，委身地上。我听见彭成飞在笑问，你叫什么名字？

我答，秦蕊。

属于我的如花年华，才刚刚开始

新年过后，我十八岁了，我开始用功读书。父亲喜得不住唠叨，小蕊，你如果考上大学，家里就是砸锅卖铁，也让你去念。父亲的理发生意，越发得萧条了，他不得不做点其他生意，摆小摊儿，卖臭豆腐。

彭成飞依然是小镇的一道风景，他恋爱了，他快结婚了。他的姑姑无儿无女，祖上的家产，悉数给了他。

我每天还从彭成飞门前过，七步走过来，七步走过去。我的心，疼着，却坚韧着，我要做优秀的女孩，优秀得让彭成飞，有一天会后悔，后悔他当初错失了我。

我如愿地考上了大学。

这个时候，彭成飞却宣布结婚。发廊门口，挂上了大红的灯笼，贴着大红的喜字。

小镇上的紫薇树，又开一树一树的花，开得密密匝匝。数不清的疼痛的心事。我整天歪在家里的旧沙发上看书，父亲都看不下去了，父亲说，小蕊，你咋不出去找同学玩玩？我答，我喜欢待家里。

我离开小镇，是在九月的一个清晨，彭成飞发廊的门，还未开。我轻轻走过他门前，我的身后，是帮我拖着行李的父亲，父亲说，小蕊，在外要好好照顾自己呀，陌生人跟你说话，你不要搭腔。

我回头，拥抱了父亲。

小镇渐渐地，落在我的身后。彭成飞渐渐地，离我远了。

大学里，我快忘了彭成飞时，突然于一群男生中，听到一口糯米腔，我的心，很疼地跳了一下，我想起说一口糯米腔的彭成飞。宿舍的灯下，我给他写了生平第一封也是最后一封信，我说，彭成飞，我曾虔诚地喜欢过你。你的手，曾穿过我长长的黑发。

我没有署名，也没有落地址。那是我青涩年代的一个秘密，它抵达了它该抵达的地方。我突然轻松起来，我笑着答应了一个男孩的约会。属于我的如花年华，才刚刚开始。

你住在我心里

我听到，有人在深夜敲我的门。先是很轻的驳驳驳，像谁在剥青蚕豆。后是笃笃笃，像小鸟啄窗。

我惊问一句，谁？

门外再无声音。隔壁人家有什么，从阳台上，“啪”地掉下去。我屏住呼吸，我听到隔壁人家的黑猫，“喵”一声叫，凄凉的，尾音拖得很长。后来，我听到它跳上楼顶，在楼顶上疾走，渐渐走远。四周迅速恢复成宁静，像一粒石，击在湖水里，一阵涟漪后，是更深的宁静。

我是被太阳光晃醒的。那透过纱窗的阳光，调皮地在我的被子上跳跃着。我恍惚了一会儿，夜里的敲门声，时而清晰，时而模糊。

我开门出去，门外一切正常。对门人家，一如既往地在楼道口烧炭炉，炉上一壶水，正冒着燎人的热气。我插在门上的康乃馨也还在，皱褶着一张小红脸，像等人来疼的孩子。

我掩上门，无声地哭了。28 年的人生，我觉得像是走到头了。一场深刻的爱情，已把我剥离得只剩下躯壳了。我一个人，远离江南，来到这座西北小城，独自疗伤。然心底的伤，一不小心，就会裂开一道口子，往外渗着血。我不能看到人家恩爱的场面，不能听到热烈的话语，甚至，不能看到人家炭炉上的一壶水。曾经，我是多么向往这样的庸常，两个相爱的人，可以不富裕，但有爱情，我甘愿在这样的炭炉上，为心爱的人，烧茶，煨汤，过凡俗小日子。

可是，我的爱情，终在繁华旖旎中沦陷。6 年的相爱相守，敌不过一辆宝马车的诱惑，我爱的人，在坐上另一个女人的宝马车时，回头对我说，小果，对不起。

一句对不起，6 年的恩爱情重，便都化作虚无。

父亲打来电话。父亲在电话里说，小果，你妈想你，想得每天哭。

那会儿，六月的阳光，在这个西北小城，灿烂着。我的心，却冷得瑟瑟。

我对父亲说，告诉妈，我很好，再过一段日子，我会回去的。

得承认人的自私性，父母养育了我 20 多年，竟不及一个外人给我 6 年的爱情。我遥望着我的江南，我落下泪。

回到租住房，我把随身带来的照片，全部摊到床上。我一张一张看过去，每张照片上，都是我和那个叫张星扬的男人，相亲相爱的模样。我们在花丛里追逐。在沙滩上奔跑。在小小的房间里，头挨头地，对着一盆富贵竹傻笑……

我说，星扬，我喜欢雪，我想看下雪。那是冬天。江南的冬天，光湿冷，就是不下雪。张星扬就去转动书桌上的地球仪，指着西北的一个地方告诉我，这里，六月也下雪，我会带你去，在夏天里看雪……

现在，我的窗外，正飘着雪，却没有了爱情与我相守。

仿佛又听到敲门声响起，在静的夜里。迟迟疑疑的，怕惊扰了什么似的。

我问，谁呀？

回答我的，是寂静。连风声也听不到。隔壁人家的黑猫，今夜没有叫。

我睁着眼睛等了一会儿，等得疲惫。不知什么时候，我昏昏沉沉睡过去。

却突然被一人摇醒，我的耳边，听到熟悉的声音，丫头，丫头。我循着声音，努力让眼睛撑开一丝缝，天哪，你猜我看到谁了？我竟看到于少青。我狂喜地大叫，于少青，你怎么来了？你怎么知道我住这儿？

于少青看着我笑，那么爱怜地看着我笑，他说，你这丫头，睡觉也不知道关好门。

和于少青，是那种从小玩到大的哥们啊，幼儿园，手牵手地去上学。小学的时候，桌子挨桌子坐。中学里，位子是前后排。大学里，居然又碰到一起。不但碰到一起，居然还念同一个系。不但念同一个系，居然还是同一个班。我跟于少青说，我们前世一定是孪生兄妹。于少青点头表示赞同。

所有人都知道，于少青对我的好，比亲哥哥还要亲哥哥。他总是摸着我的头叫我丫头。有了好吃的，绝对省给我吃。有了好玩的，绝对让我先玩。他为我抄过若干次作业。为我跟人打过无数次架。大学里，我暗恋物理系的张星扬，暗恋到失眠。他找张星扬喝酒，酒喝到微醺，他扳过张星扬的脸来说，张星扬，你有什么好啊，长得也不好看，我那天仙妹妹，居然爱上你了。我在一边，当即红了脸，我说，于少青，你再胡说，我跟你断交。却听到张星扬大着舌头说，苏小果，我也喜欢你，我早就喜欢你了。

世上所有的花儿，都在那一刻绽放。我的心，也成一朵怒放的花儿，朝着张星扬纷纷扬扬。从此，世上多了一个幸福的女孩子，她在她的爱情里，渐渐沉醉，不知归路。

与于少青的联系自然少了，我们不再粘在一起。有时一下课，我的人影就没了，害得于少青抱一纸包我喜欢吃的桂花糕，满校园寻我。等到寻到，多半已夜深，纸包里的桂花糕，早已冷却。于少青却不恼，他拍拍我的头，叹一声，丫头，你太重色轻友了。

我觉得欠了于少青的，于是努力帮他牵线搭桥，介绍了一个又一个女孩给他。他也听话地去约会，却在回来时，对我摇头，说，丫头，我的缘分还没到，你就不用瞎忙活了。

也有女孩为他夜不成寐。我以为大好的机会到了，竭尽撮合他们在一起，但最后，逃跑的，还是于少青。他回答得很干脆，他对她，没感觉。

就这样，直到毕业，于少青还是孤单一人。我和张星扬的恋爱，却稳定下来，我们一起回了我家乡的城。

于少青毕业后，去广州转了两年，又回来了。他说，不适应广州的气候，那么干燥。随即又打起哈哈说，关键还在于，对广州的女孩不来电。

我们便又常常见面，他来我这里蹭饭，和张星扬一起喝酒，称兄道弟。每次来，他都带礼物给我，有时是我喜欢吃的桂花糕，有时是我喜欢的百合花。有一次，他竟买了一对小兔子送我，说在街边看到有人在卖，他看着可爱，就买了。我真喜欢那对小兔子啊，它们有洁白如雪的小身子，有红豆似的小眼睛，还有豆瓣似的小嘴。但张星扬不喜欢，张星扬说，好脏的。兔子最后被我送给同事的小女儿。于少青知道了，什么也没说，只是拍拍我的头，重重地叹一口气。

我开始和张星扬筹备结婚的事。于少青帮着跑前跑后，并且答应我，到时，他会送我一件特别的礼物。

这会儿，我看着于少青，往事点点涌上心头，我悲从中来，情不自禁落了泪。我抱着枕头对于少青说，于少青，对不起，我没有结成婚，让你白准备礼物了。

于少青看见我哭，急了，他伸手替我擦泪，心疼地说，丫头，不哭不哭，我的礼物，永远都是你的。

我醒过来时，已是午后。这一觉，我居然睡了十多个小时。

枕上有泪痕，我的头有点疼。我想起于少青，那么真切地看见了他，原来，不过是安慰自己的一个梦。

我起床，地上散落了一地的照片，张星扬在照片上，朝着我笑。我一一捡起，放到一个小盆子里，点上火。我很平静地看着它们，在我面前，怕疼似的蜷缩，蜷缩，最后，一点一点成灰。我没有哭。

竟有些，轻松了。我出去买了一个大锅饼回来，一口一口吃下去。

傍晚，起风了。云层渐渐变厚，天暗下来。有雪，开始降落。

我在雪落得紧的时候，开门出去，到街上乱转，街上没有人，只有雪。我转了一会儿，回来，突然看见于少青，他正坐在门口的台阶上。

我忘了问他是怎么来的，急吼吼冲他叫，于少青，你要死啊，地上那么凉！

于少青站起来，笑眉笑眼看着我说，丫头，你真能躲啊，躲得连我都差点找不着了。

我扑过去，多少日子的委屈，终于找到停放的地方。于少青紧紧抱住我，不住拍我的肩，他什么也没问。当我安静下来，于少青认真地看着我说，丫头，你瘦了。

我们坐在温暖的灯光下，聊天，像过去许多时候一样。于少青说，他是来这个城有事的，要赶晚上十点的火车走。我说，不能留下来陪我吗？于少青笑一笑，拍我的头，丫头，不要任性，回去吧，回去我买桂花糕给你吃。

我说我还要百合花，你也买吗？我还要养两只小兔子，你也买吗？

于少青说，买。只要你要的，我都会买。

我开心地笑起来，觉得暖。

九点半，我送于少青出门。他突然很正式地问我，小果，你喜欢我吗？我说，当然，这还用问吗？他便伸手拍拍我的脸，很快乐地舒了一口气，说，谢谢丫头的喜欢，我走啦。

我又做了很多梦，断断续续的，都是有关于少青的。

清晨的时候，却被电话吵醒。电话是父亲打来的，父亲的声音里有泪，父亲说，小果，于少青死了。

我的身体，一下子空了。像一只找不着家的蝶，仓皇地飞着，四顾茫然。我分不清，是不是又在梦里。

于少青出事是在三天前，车祸。他被送进医院后，一直处于昏迷状态。

而三天前的那个夜里，我在遥远的西北小城，第一次听见了敲门声。

于少青走在三天后的深夜十点整。他走得很安详，没有痛苦，没有挣扎，脸上甚至还挂着淡淡的笑。

他给我的礼物——一本厚厚的相册，他用红丝带细致地扎着。相册里的照片，都是我的，从幼儿园起，一直到我工作后。每个阶段的，他都收藏得好好的，并且在旁边做了文字说明，譬如：丫头在玩滑滑梯。丫头戴上红领巾。丫头作文得奖了。丫头扎上马尾巴。丫头新买了白裙子……

相册的最后，他放了一张他的照片，眼睛笑得如星星闪烁。他在旁边做的文字说明是：丫头，我喜欢你!

我的心，就那样抽丝剥茧般地疼起来。我不知道，这辈子，除了于少青，谁还会以这样的方式，住进我心里。

于少青的葬礼，在一个星期后举行。张星扬也来了，我们客气地点头，很平静。在送于少青的挽联上，我只写了一句，于少青，我也喜欢你。落款是，丫头。

尘缘相识，

流年偷换，

谁是谁的劫?

只要拥有一颗芬芳的心，
再糟糕的人生，
也会安然度过。

万万人中遇见你

苏小若和曼丽，是同时认识罗烨的。

大学校园的忍冬树下，有男生在吹埙，蓝衣白裤，玉树临风。他手握之处，有声音，似小蛇，冰冰凉凉地游出。这样一种奇特的乐器，这样一种奇特的声音，一下子击中苏小若。曼丽悄声对她说，天哪，小若，这莫不是传说中的白马王子？这个王子我追定了。

苏小若和曼丽很快知道，吹埙的男生叫罗烨，中文系的，念大二，和她们同级。

回到宿舍，曼丽缠着苏小若给罗烨写约会信。苏小若说，万一人家有女朋友了呢？曼丽说，那我就跟她公平竞争。苏小若被她缠得没办法，在纸上写上这样的话：罗烨，我很喜欢你，很喜欢你的埙。想一想，她又特别在右下角画了一朵忍冬花，细碎的小花瓣，很温柔的模样。

曼丽握了纸条跑出去，苏小若以为她是心血来潮。彼时，曼丽的男友，正在另一座城读书。每个月的月末，那个瘦瘦的男孩，都会坐了很远的火车来看她。

却在傍晚，见到曼丽兴冲冲跑回来，大声宣布，她大功告成了，罗烨约她晚上一起去看电影。

苏小若问，那你那个坐火车来的男朋友怎么办呢？

曼丽愣一愣，说，我们只是普通朋友，我真的不很喜欢他，我会打电话告诉他，让他不要再来了。

她快快乐乐地换了一条红裙子去见罗烨。

苏小若望着她的背影，若有所失。窗户洞开，忍冬树的花香，随着微风，淡淡地飘进来。

苏小若有时会做一个很奇怪的梦，梦里面，她走到一座孤岛上，四面环水，茫茫复茫茫。正惊慌失措时，突然听到有埙声，小蛇般地游过来。她一转身，就望见了坐在水边吹埙的罗烨。蓝衣白裤，风清月朗。等她再去寻，却一片雾起……

苏小若突然地，对埙热衷起来。她去图书馆查资料，得知这种乐器，早在新石器时代就有了，原不过是石头制作的，是古代先民们用来诱捕禽兽的辅助工具。

可是，有没有这样一些夜晚，天空中繁星密布，先民们吹响石头，用来呼唤沉睡的爱情？——苏小若忍不住这样想。她特地跑去乐器店，买了一只埙。拳头大小，蹲在她的枕边，像一颗守望的小头颅。

罗烨来她们宿舍，看见苏小若床上的埙，他若有所思拿在手上看，放嘴边吹出一声悠长的“呜”，问苏小若，苏小若，你也喜欢埙啊？

苏小若突然脸红，她弯下腰去，装作捡拾掉在地上的书，回他，只是玩玩的。

罗烨便跟她们说起他的小山村，那里，几乎每个男人都会吹埙。

曼丽立即打断他，埙有什么好听的，不如古筝好。

罗烨便有些尴尬地顿住话头，望着苏小若笑笑。

这之后，他们常常会遇见。苏小若始才知道，频频亮相于校刊上的“山里人”，就是罗烨。他用“山里人”的笔名，写诗写小说写散文，文章干净得像棉花。而罗烨也得知，校刊上化名若水，那个诗文相当了得的人，就是苏小若。他由衷地说，苏小若，你真是个才女。

他们聊当下流行的作家作品，也聊埙。直聊到一边的曼丽等得不耐烦了，大叫，哎，你们有完没完？他们这才止住了。两个人的目光相撞一下，又迅速避开，都有些心虚地红了脸。

曼丽问苏小若，怎样使一个人死心塌地地爱你？

苏小若说，给他织毛衣吧。

那个时候，忍冬树树上的叶子，已几乎掉光了，冬天已很冬天。曼丽抱了一堆浅灰色的毛线回宿舍，说要帮罗烨织一条围巾。

围巾却织得半途而废。曼丽实在没有那个耐心一针一线，她对苏小若说，还是去商场给他买一条现成的好了。

苏小若接过那一团毛线，说，我来试试吧。她把曼丽织的拆掉，重新起头，帮她织好围巾。曼丽高兴得搂住苏小若的脖子说，小若，将来我和罗烨结婚，一定要请你做伴娘。

第一场冬雪落下的时候，罗烨的脖子上，围上了苏小若织的围巾。浅灰色的毛线软软的，罗烨的笑容也软软的。他和曼丽在雪下堆雪人，鼻尖上落着点点雪花。

曼丽给苏小若介绍了一个男孩，男孩瘦削白皙。曼丽说，小若，罗烨总说你孤单，这下子你不孤单了。

苏小若的心，疼疼地跳了一下。她本想拒绝，但看着快乐的曼丽，她没说话，算作默许。

日子就有些淡淡地过着。她和男孩，有时会一起散散步，说一些不着边际的话。回来后，她大体上会忘记掉。

罗烨和曼丽，却渐渐走进热恋状态。清晨，罗烨会提着豆浆油条，或奶茶面包，来叫醒睡懒觉的曼丽。曼丽偶尔的，也会跑去罗烨的宿舍，抱来罗烨换下的脏衣裳，一件一件，在盥洗间里洗。他们两个，很像一对夫与妇了。

周末的时候，四个人约了一起去校外爬山。苏小若对山上的野花野草特别感兴趣，她时常蹲在一丛野花前，欢喜地看，却纠结着，叫不出它们的名。罗烨会适时出现，站到她身边，告诉她，这是什么，那是什么。在他，熟悉它们，如同家人。他低声对苏小若说，你真是个特别的女孩子。苏小若的心，就猛烈地跳起来。她佯装蹲酸了腿，揉着腿跳开去。

山顶风大，罗烨掏出埙吹，如泣如诉的声音，便携着远古的沧桑和风雨，小蛇般的，冰冰地游过来。苏小若表面上不动声色，内心却狂跳不已，她真爱这样的声音，真爱这个人哪。

曼丽对埙从没好感，她跳远了，去攀一棵树上的野果子。

一曲终了，苏小若的眼里，已蓄满泪。一抬头，目光相遇，罗烨的。他的眼里，亦是蓄着泪。苏小若慌乱避开，笑着揉揉眼睛，这山上的风真大。她身边的男孩赶紧说，风大那我们就回吧。苏小若应一声，好。脑中却空空的。

时光就这样，清晰着又模糊着。一晃，他们都毕业了。

苏小若回了她的城，应聘到一所中学做老师。她和那个男孩，没说分手的话，一毕业，很自然地断了联系。

父母急慌慌给苏小若介绍对象，男孩的工作单位好，家境也富足，更为难得的是，还长得一表人才。苏小若没有理由拒绝，她不咸不淡地跟那男孩相处着，渐渐的，也有了感情。双方家长催着他们结婚，苏小若几乎没怎么思考，就答应了。

这时候，却意外收到罗烨寄来的信。罗烨说，小若，你画的忍冬花我留着。你织的围巾，我留着。你喜欢的花，我种着。你喜欢听的埙，我一个人时常吹着。小若，假如再与万万人中遇到你，我们会不会相爱？

原来，一切都是明了的。苏小若突然觉得胸口疼得慌，她想起第一次遇见他，忍冬树下，他手握着埙，凄清的声音，如小蛇般的，从他的手握之处游出来，准确无误地击中她的灵魂。她爱，却无法说出口。

她给罗烨回信，不提过往，只问，你和曼丽什么时候结婚？我快结婚了。

有时的相遇，错过便是万水千山。

曼丽的结婚请柬，随后就到了。随结婚请柬寄来的，是曼丽一封龙飞凤舞的信。曼丽在信中说，之前，罗烨也不知哪根神经搭错了，曾跟她提分手。哈哈，本姑娘是想甩就能甩掉的么？我就赖定他了。一生一世赖定他了。小若，你来做我的伴娘吧，这是我们曾经说好的哦。

苏小若默默看着结婚请柬。罗烨和曼丽的名字，偎在一起，像两颗甜蜜的糖。

她把欲掉落的泪，拼命吞咽下去。她打开音箱，搜索到埙曲，坐到地板上，双手抱着膝，一曲接一曲地听。

曼丽和罗烨的婚礼，她如约去了，带着那个男孩。她把他介绍给罗烨和曼丽。曼丽化着浓浓的新娘妆，穿着洁白的婚纱，美得像个仙子。曼丽看见她，一把抱住她，又盯着她身边的男孩，上下打量一番，兴奋得大叫，呀，小若，你真真有眼光，找了这么一个帅哥啊！嗯，比我家罗烨帅。罗烨，你说人家是不是比你帅？曼丽回头，撒娇地问站她身后发呆的罗烨。苏小若看到罗烨的嘴角牵了牵，什么也没有说。

没人处，罗烨装作不经意走过她身边，低低问一句，你还好吗？

她什么也答不出。心中有泪，开始倾盆。

回到小城，苏小若对那个男孩说，我们分手吧。男孩问，为什么呢？苏小若说，我还不想这么早结婚。男孩说，我可以等。

学校包团去旅游，有两条线路，一条是去香港，体味都市繁华。一条是去古城，觅古代印迹。那个古城，是罗烨家乡的城，苏小若毫不犹豫报了名。

到达古城，大家都坐游船观民风去了，苏小若一个人，独自去了罗烨的小山村。

走上弯弯曲曲的山路时，苏小若满脑子想的都是埙，忍冬树下，蓝衣白裤的罗烨，他用埙声，就那么轻易击中她的灵魂。

山雀的叫声，在山林里时隐时现。有小溪，穿过山涧，又清清亮亮地流远了。她找到罗烨的家时，已是薄暮黄昏，她谎称是进山来看风景的，走着走着就迷路了。

罗烨的父母，很热情地接待了她，他们端出煮熟的芋头，和用切碎的山菜煮的糯米饭，招待她。芋头香，糯米饭也香，她吃很多。

罗烨的母亲笑眯眯对她说，姑娘，你与我们山里人真有缘，吃得惯我们山里的饭。

他们向她展示罗烨的结婚照。照片上，罗烨的一双眼睛，深情地望着她，一旁的曼丽，笑得满面生花。罗烨的母亲指着罗烨告诉她，这是我儿子。又指着曼丽告诉她，这是我儿媳，城里的姑娘呢。

苏小若笑，伯母您真好福气。

夜晚的星空下，苏小若坐在罗烨家门口的石头上，听罗烨的父亲吹埙。半天空的星星，仿佛都掉落到山头上。

埙声如小蛇，悠悠地，向着远方游去。没有人知道苏小若的悲伤。

滚滚红尘之中，

我们都不可避免会陷入孤独，

但只要人世间有爱在，

就会有春暖花开。

有时的相遇，

错过便是万水千山。

三月，爱情来过

第一片秋叶落下来的时候，黎在遥远的吉林问我，小狗，你那里的天气现在怎么样？

我说，很好，整天都有大把的阳光。院门前花坛边的小雏菊开了，小模小样地趴着在晒太阳。

他便叹息一声，那么，小狗，告诉我，你今天身上穿什么衣裳了？

粉红的外套，栗色的裙子，我说。

那么，头发呢，头发是不是又长长了？

是。我答，忍不住想落泪。我说，黎，不要再想我，找一个好女人结婚吧。

听不见黎的回答。他在那头沉默。

三月。金钟花怒放得正好的时候，认识黎。

是他先打电话给我的，带着很浓的河南腔。

那时，我正在电脑里放音乐《梁祝》，音乐已演奏到蝴蝶成双。突被他的电话打断，脑袋迅速翻转，却想不起自己认识一个河南腔的男人。遂惊诧地问，谁？

黎说，一个编辑，吉林的，你给我投过稿。没等我说话，他先自说了下去，你在听《梁祝》？这首曲子我在中学时就喜欢听的，那时，听坏两盒磁带呢。

我觉得好笑。淡淡回，是吗？于是想起那本杂志，想起那个城市。也仅仅是我文字抵达的地方，在心中不曾留下一点痕迹。它像我路过的许多许多地方一样，路过也就路过了，与我的生活再没一丝关联。

黎后来却告诉我，当他第一次听到我的软语，就有种预感，预感到他与我的相遇，将会不同寻常，将会是他40年的生命里，最亮的一束光芒。

我的文字，开始在他们杂志上，一期一期地发，温婉如花。

黎很认真地对我说，他特别特别喜欢我的文字，它里面有种独特的气息，充满音律感，别人学不来的。他希望能永远编辑到我的文字。

由此，渐渐熟络起来。

深夜的网上，我边写稿，边有一句没一句地与他闲聊。

虽然远隔千里，感觉却像在一盏灯下，对坐着那两个。我说，奇怪哦，怎么会有这样的感觉的？他说，有什么奇怪的，前世我们或许就是一对恩爱的夫妻。

这话说得！便有些生气。他赶紧说，开玩笑开玩笑的，前世，你是小姐，我是你身后的丫头。

哈，一阵爆笑，把泪笑出眼眶。

他趁机问，爱人怎么不在身边？

我说，工作需要啊，没办法啊。再说，我也习惯了两地分居。

他就在那边叹，你这样的女子，是要一个人守在身边爱着的。

我哈哈哈，故意笑得满不在乎。然后反问他，40 岁的男人怎么还不结婚哪？

他说，缘分没到啊，等我遇到我爱的人，我一定迫不及待去结婚。

就可着劲想，一个流浪天涯的男人，什么样的女人才配他？

他开始叫我小狗。我抗议。

他却不管不顾叫着小狗小狗，说，谁让你属狗的？

五月里，杂志社老总突然派黎去深圳出差，半个月。走时匆忙，手机在宿舍充电，他竟忘了拿。

便失了联系。

那些天，天总是阴着，却不下雨。

我照旧上班，写作，看书。只是偶尔抬头看天的时候，心底，会滑过一丝痛来。我不知道那个叫黎的男人去了哪里，那个和我一样，喜欢听《梁祝》，喜欢喝白开水的男人。

情绪低落到极点。

等待无果，想，这未必不是一场游戏。遂狠狠心，关了曾经的信箱，删了曾经的QQ。我想起黛玉焚烧手帕。再烈的情感，原都是很轻易就能化成灰的。何况，说起来，我们还是陌生的两个？

我没见过他，他亦没见过我，只是虚幻中的两个。都不当真的。

电话骤然响起的时候，我正在阅览室里翻一份报。

黎的声音是那么急切，小狗，小狗，是你吗？

我竟吓了一跳，心像小兔子在撞，只说不出话来。

小狗，我出差去了，却联系不上你。今天，我从长春坐火车回吉林，路边是一片一片的森林，漫山遍野的绿，绿不尽的绿。那时，我就在想，若是我们俩在里面，会做什么？

心，兜兜转转，水波荡漾。这个人，是想我的，一直想我的。于是我笑了，我说，若是我在，我会听树上的鸟叫，也要你听。我会摘不同的叶子，闻它们的味道，让你找不着我，看你着急的样子。然后我累了，我会倚着一棵树坐下来，唱很好听的歌。

黎温柔地打断我，小狗，不是倚着一棵树，而是要倚着……黎。

吉林，吉林，吉林！那是个怎样的城市？

七月夜晚，黎在松花江畔散步。他说，小狗，你过来吧。你要是能来，你一定会喜欢这儿的，这儿的夜晚，风很大，特别特别凉爽。

我当时正穿着无袖的衫，让一台电扇使劲儿对着我吹。我想象不出黎的样子。

我就说，形容一下，你长得怎样好吗？

黎就笑，问我，你很在乎长相吗？

不，只是好奇，我答。

隔两天，就收到黎的快件。内里装两张照片，还有一张便条。我先看照片，有些惊讶：四方脸、瘦，手插在夹克口袋里，不笑。头发很薄，沧桑的痕迹印在脸上。却有着……说不出的亲切和温和。背景：一棵广玉兰。有兰花在叶间半开半合，像小白鸽。

看半天，从陌生看到熟悉，最后认定，就是他了，就应该是这个样了。

打电话给他，我说你怎么这么瘦啊？

他很开心，油嘴滑舌，说，想一个人想瘦的。

知道他所指是什么，不去理会。只笑着看他的便条，上面的字横七竖八，是大大咧咧的样：小狗，那次和同事逛公园，看到广玉兰，就想到你，所以就留了影。

我自然明白他的用意。我的名字，最后一个字是兰。

突发急性阑尾炎，我住进医院。

黎知道后，急得六神无主，一会一个信息问，要紧吗要紧吗?

病好后出院，竟意外地收到黎的特快专递，有两盒消炎药，还有两盒巧克力。邮资竟比寄来的东西还贵。

我笑他，傻了。

他说，知道你怕吃药，你吃完药，赶紧吃巧克力，就一点不苦了。

低了头，有泪泫然而下。我想起小时，我怕吃药，父亲就拿着冰糖，站一边哄我。

我说，不要对我这么好，我没有办法报答你的。

黎沉默半晌，说，我不是想求报答才这么做的，只是……舍不得你。

给我寄张照片吧，我想看看你。他要求。

就挑一张大病初愈后拍的寄他，望得见憔悴和衰败。

想着他会失望，却不料，刚接到我的照片，他立即打电话给我，小狗，你让我心疼不已。

真想把你搂进我怀里，好好爱你。

真想。

原来，他根本就不在乎我是否丰腴和美丽。

天气凉下来。

白天越来越短了，寂寞便越来越长。

天黑下来的时候，黎会打电话问我，吃过了吗？吃些什么了？待我一一报上，他会满意地或不满意地叹口气，然后告诉我他吃什么了。

他正常的晚饭是，一瓶啤酒，一个猪蹄。或是，一碗羊肉泡面。在饭店。

听着，心里竟布满疼痛。

小店，小木桌，旧的，一定望得见上面的木纹。亲爱的黎，独坐桌旁，一瓶啤酒，一个猪蹄。身旁，却是红男绿女的喧哗。多么深多么深的落寞！

我对他说，你该找个人结婚了。

黎说，假如假如，我要等你一辈子呢？

我悲伤地说，这不可能，黎！

是真的不可能，我只是个寻常的女子，做不来惊天动地的事。十年的婚姻，虽平淡如水，却有惯常的安稳，我只想安稳下去。

黎说，我理解。电话里，有《梁祝》的声音传来，是黎在放。黎问，假如在我听《梁祝》的最初就遇见你，你会不会爱上我？

君生之时我未生，我生之时君已老。我什么也说不出，喟然一声长叹，在心底。

黎开始跟一个女孩约会了。

女孩子是一个单位的打字员，单纯，可爱。

他每天向我汇报跟女孩的进展：吃饭，逛街，看碟片。

我对黎说，好好爱她。

黎答应，我尽量做到。

但分明，分明有忧伤，穿了千山，穿了万水，在我们之间薄薄地流淌。

一次，也是这样的沉默之后，黎突然问我，小狗，你平生最大的愿望是什么？

我脱口而出，就是想牵了你的手，在吉林大街上走，然后，让你给我买一串烤肉串。

黎落泪了。良久，黎说，小狗，你来，我一定给你买。

但，亲爱的黎，我却不能去，我的背后，有很多牵挂。而你的幸福，也不能总在遥遥无望的等待中。

黎最后一次跟我通话，是在来年的二月。

黎说，他要回河南老家一趟，再回吉林，就结婚。

我为他高兴。

再没消息。

心下虽有隐隐的痛，也释然。爱一个人，就是要让他完完全全幸福。我以为，黎肯定已走进婚姻。

背转身，曾经过往的一切，都成记忆。

也便渐渐断了念想。

但一日，却接到杂志社寄我的东西，是黎买给我尚未寄出的一枚兰花胸针。

随包裹有简短的附言，是杂志社的人写的：黎水，肝癌晚期，已于三月十号去世。

那个时节，有大把大把的金钟花，在窗外噼呖啪啦地燃着。耀眼的绚烂。

那个时节，亲爱的黎走了。

三月，爱情来过。三月，爱情它又走了。被黎带走了……

等我，我要去寻骆驼花

林运奇来看我的时候，带了两件礼物，一是一串玛瑙手链，一是一条羊绒披肩。是他在内蒙古买的。

宾馆门口，我们一个门内，一个门外，就那么定定地看着对方。隔着千山万水的人，一下子到了眼前，怎么也难以跟电话里的声音吻合起来。他比我想象的要瘦，要黑，要老。莽莽苍苍的沙漠，莽莽苍苍的一个人，在声音里已经纠缠了一年零七个月，那时，我是那么强烈地想见到他。然真的见到时，却是如此陌生，陌生得很不真实。我隔着布裙，偷偷伸手掐了一下自己的腿，疼。不是梦。

是林运奇先开口的，林运奇咧开嘴笑，露出一口不怎么白的牙齿，他说，小雪，你进来坐啊。他的声音，有些抖颤，仿佛一片儿树叶，承不住突来的一阵风。那一声小雪，让我找到了感觉，是我闻惯的气息。夜晚的灯下，我坐在温暖的书房内，手握着听筒，听他叫，小雪，小雪。隔着无数的山，隔着无数的水，隔着无数的风雪。窗外天幕上的星星，像极人的眼睛。他一遍一遍地叫，小雪，小雪，小雪。

我对他笑了一下，我说，嗨。宾馆的房间内，不知是不是空调打得太低的缘故，寒气直逼肌肤，我不自觉地环臂抱住自己的肩。林运奇说，你很怕冷？我说，啊，不。林运奇就笑了一下，那笑，有些苦涩，他说，在腾格里沙漠，刚呼出的气，会在嘴唇边，结一层冰。早上起床，被子全冻得硬邦邦的，像冰砣砣。

我低头，不敢看他，我说，哦。他说的这些，我早已听他说过若干遍了，每听一次，心就疼痛一回。那时，我在心里说，以后若见了这个男人，我一定要好好爱他，给他温暖，让他不再受苦。然设想过千万次见面的场景，都不是这样的——莫名的尴尬。怎么会的呢？为了掩饰慌乱，我把羊绒披肩披在身上，对着林运奇，无心无肺地笑，我说，好看吧？

林运奇盯着我看，不说话。我看到他的眼神里，有火焰在燃烧。我懂。可是我不能让他知道我懂。我把披肩换了个样子重又披上，再次问他，好看吧？

他轻轻说，好看。你比我想象的，还要好看。

我怔住，没了话。只听见空调的风，吹得嘶嘶嘶的，像有无数条小蛇游过。

林运奇在室内转一圈，突然不可抑制地大笑，笑得弯了腰，他说，小雪，我想到要来见你，激动得两夜没睡着，我有千言万语要对你说，可是现在见着了，怎么反倒没有话了？

我的心，突突地跳，像谁在我的心上，安了一面小鼓。我“哦”一声，我说，我也是，想着你要来见我，也睡不着呢。

林运奇问，真的？我说，真的。他就很快乐地舒了一口气。忽然举着那串玛瑙手链，低低问我，小雪，我帮你戴上，可以吗？我没有理由拒绝，我说，好啊。伸出我的手腕去。他弯下头，他的气息，呵到我的脖子上，有沙漠的莽莽苍苍。离得很近，却又隔得很远。我有些恍惚。

林运奇很笨拙，费了很大的劲，才把手链上的扣子给扣上了。我的腕上，就有了一圈淡紫。柔滑的、内敛的光芒，像一段含蓄的爱，想说，又说不出。

林运奇是我朋友的朋友。

两年前，我去朋友家，朋友正在看林运奇寄来的信，手写的书信，密密的五大张。朋友说，这是沙漠来信。

对沙漠，我有天生的向往，辽阔壮观，可以放牧一个人的梦想。

朋友说，不是，不是这样的，现实远远不是你想象的那么浪漫。他于是跟我讲林运奇，是个多才多艺的人，会弹吉他，歌唱得也好，还写一手好文章。却命运多舛，很小的时候丧父，母亲远走他乡，他跟了姑姑长大，一直过着寄人篱下的日子。大学里，他执意念地质系，他说他的灵魂，属于漂泊。后来，他相遇到一段爱情，飘零了近三十年的情感，以为找到了寄存地，他甚至，为此放弃漂泊，想好好过凡俗小日子。但这段爱情，最终却以分手完结。这事对他的打击很大，他跟了一家地质勘探队，远走腾格里沙漠，发誓再不回来。

“兄弟，你是我饥渴时的一滴露吗？我在这遥远的天之角地之涯，这么深切地想着你。命运把我送到这荒无人烟的沙漠，有谁知道，我内心的荒凉，比这沙漠更甚！我的家园在哪里？或许，终其一生，我也难以找到。”这是林运奇写给我朋友信里的一段话，它几乎是在一瞬间击中了我，如一支孤独的箭，带着它特有的苍凉。

我问朋友要了林运奇的手机号。朋友大喜，说，那家伙若接到你的电话，不知有多高兴呢。朋友突然想起什么似的，盯着我傻笑，笑完后才说，靳小雪，我忘了告诉你，他是知道你的，很喜欢读你的文章。

这让我意外。我愣怔了一小会儿，但还是在手心里，记下了林运奇的手机号。

我没有给林运奇打电话。

他的号码，我拨了几次，拨到最后一个数字时，我放弃了，我还不习惯主动给一个陌生男人打电话。尽管，我常常想起他的那句话：“兄弟，你是我饥渴时的一滴露吗？”那种无依无靠的渴求，让我莫名地心疼。

我按部就班地过着我的日子，看书，写作，听音乐。谈了两场不咸不淡的恋爱。偶尔，也跑去蛋糕店坐坐，喝一杯奶茶，吃一块绿野仙踪。这款蛋糕是我最爱，奶黄与浅绿搭配着，色泽诱人，味道可口。我渐渐地，忘了林运奇。

秋天是不知不觉来到我的城的。落了一场雨，天气陡地转冷了。我从蛋糕店出来，我的唇上，留着蛋糕的香。这时，我的手机响了。陌生的号码。我犹豫了三秒钟，我按了接听键。

居然是，林运奇打来的。

他的第一句话，竟是这样说的，靳小雪，是你吗？真的是你吗？他的声音，听上去很缥缈，像远远的山头上，飘着的雾岚。却灼热着，很烫。

我站在风里，听他说话。身边红尘滚滚，而他却是一个，隔世很久的人。

他说，靳小雪，谢谢你。

我说，谢什么？

他说，谢你听我说这么多的话，这些话，我只说给沙漠听，其次，就是说给你听了。

我的心，开始松软，像新烤出的面包。我脱口说，以后，你有什么苦闷，都可以跟我说的。

当我握着手机的手，在风中冻得冰凉，乃至渐渐麻木了时，林运奇才恋恋不舍地跟我说再见，他说，感谢主，让我认识了你。

我快乐地笑了。我看了一下通话显示的时间：两小时零九分。我用这个时间，听完一个男人近三十年的全部故事。

我答应了林运奇，会给他写信。在那茫茫无际的沙漠里，书信，是他唯一能抓住的温存。我有了要拯救一个人于苦难之中的使命感。

林运奇的来信，总是写得很长，仿佛要把他的一辈子，倾吐在纸上。

读他的信时，我会在头脑里，勾勒这样的景象：一望无际的沙漠。帐篷，只一顶。眉目清秀的书生，坐在帐篷前弹吉他。书生的眼光，放逐得很远很远，远到天边去了。眉毛上，凝着深深的忧郁。

我跟林运奇说这样的景象，林运奇就笑，说，是的，是这样的。他说认识了我之后，他变得开心多了，找到人生的方向了。他要努力地好好干几年，然后，回到尘世里来，到某家地质研究所去，安心地搞研究。空闲的时候，他就跑去看我，坐在我的书房内，看我敲字，和我一起听音乐，或者，唱歌给我听。小雪，你说，那样的时光，是不是很好？他问我。

是的，是很好，我笑答。我开始幻想，幻想着相见的那一天。我甚至想过，我们会拥抱，还有，亲吻。

我知道了他爱上手抓羊肉，知道了他学会跳蒙古舞，学会说蒙古话。知道了八月的沙漠里，也有大雪纷飞。知道了沙漠里，最美的是落日时分，他会对着那轮沉入沙漠里的红太阳，呼叫着我的名字。

一天，他偶然在一片就要干涸的湖边，发现了一朵盛开的骆驼花，只一朵，艳黄的。他的血液奔流起来，他掐下那朵花，一路狂奔，奔到一个小镇上。他把花给我寄过来，他说，小雪，这是上帝送给我的骆驼花，我要把它送给你。

骆驼花夹在信纸里，我收到时，已成花的标本，枯萎的一小朵，已看不出原先的颜色了。但我还是，很细心地收藏了它。

我很感动。被一个人如此珍爱着，在我的生命里，从未曾有过。我很想他了，在低头，或抬头的刹那，不经意的，他就从远方冒出来，模糊的一个影子，穿着栗色风衣，很伟岸。我对着一处，发愣，微笑。心，软得有点疼。

我带林运奇去“天上人间”吃饭。

包厢内，有绿色植物，顺着墙壁攀援而上，叶阔绿肥。服务小姐不放心地问，就你们两个？我说，是啊。她再次探头，疑惑地看看我，又看看林运奇，问，真的就你们两位客人吗？我说，是不是两个人就不能吃饭？服务小姐脸一红，“啊”一声，说，对不起对不起，不是这样不是这样的。赶紧递上点菜单。

我点了很多的肉，红烧的，油煎的，水煮的，爆炒的。

林运奇远在腾格里沙漠时，对我说过不止一次，他说他怀念猪肉的味道，那里，终年吃不到猪肉。我答应他，如果他来，我会让他吃个够。

我看到林运奇背过身去，假装看墙上的绿色植物。他的手在脸上抹了一下，又抹了一下，我知道，他落泪了。再转过身来时，林运奇对我笑了笑，他说，谢谢你，小雪，你让我感到尘世的温暖。

我不知道说什么好，只是微笑着。好长时间，我们没有了话。菜陆续上来，我们默默吃菜，我吃得很少，林运奇也是。一桌的菜，也仿佛心事重重似的，静穆在大大小小的盘子里。

饭后，我带林运奇去我的家。踏进我堆满书的书房里，林运奇很拘谨，他指着我的电脑问，小雪，你就在这上面写作的？我说是的。他不好意思地笑，说，我还不怎么会用电脑的，五笔也不会打。

他吸浓烟，喝浓茶，身上带着蒙古包里的羊膻味。那烟味，那茶味，那羊膻味，都是我闻不惯的。更要命的是，我的心告诉我，他不是我要等的那一个。近在咫尺的人，却犹隔天涯，那些隔着无数山水与风雪的想念，在我的记忆里疼痛，我无法把它们跟眼前的人重叠起来。我突然想哭，我不知道拿林运奇怎么办。相见不如怀念，或许，真的是这样的。

林运奇敏感地感觉到了这一点，他在回宾馆的时候，问了我一句，小雪，是不是我不该跑来见你？要是不见，我们现在，是不是还是相互思念着的两个人？

我听见心里有什么，“砰”地摔落，碎了。我满心里，都是疼痛。我说，林运奇，你不要瞎想，不是这样的。林运奇就笑，满眶的泪在打转，他说，呵呵，小雪，我真没出息，让你见笑了。他伸手抹了抹眼睛，再次冲我笑，说，那我走啦。转身，头也不回地回宾馆去了。他瘦小的背影，孑然，如茫茫沙漠里的一匹狼。我真想追过去，抱住他，紧紧地抱住他。可是抱住了，又能怎样呢？我忍住了。我看着他，渐渐地，被一街的灯火淹没。

我去宾馆找林运奇，林运奇已经走了。他给我留了一封信，他说，小雪，我走了，我还是回到腾格里沙漠去，那里或许更适合我。谢谢你对我的好，我会铭记在心。你要好好的，我会永远为你祝福。

我站在六月的天空下，发呆。泪，不知什么时候，糊了我一脸。距离之外，我开始思念那个叫林运奇的人，思念到胃疼。

六月过后，我又试着恋爱，很认真地恋爱。而心却在遥远地等着，等着一双手，轻叩，而后用发颤的声音问，靳小雪，是你吗？真的是你吗？那声音听上去很缥缈，像远远的山头上，飘着的雾岚。却灼热着，很烫。

秋天的叶，开始掉落，一片一片。我的恋爱，又无疾而终。我坐在灌满风的阳台上，身上披着林运奇送的披肩。手腕上，一圈淡紫，柔滑的、内敛的光芒，像一段含蓄的爱。音箱里，黄磊在唱《背影》：眼看天气秋了，叶子在哭了，转身是背影了，你就进了往事了。 我知道这以后，以后的以后，可能再见不到你了……

我的胃，又开始疼。我去找胃药，翻到林运奇寄来的那朵骆驼花，花瓣失了血色，像僵死的蝶。可是，我分明看见有艳红的血，在里面奔流，那是一个人的。他说，小雪，这是上帝送给我的骆驼花，我要把它送给你。

我几乎是在一秒钟内做出决定，我要去腾格里沙漠。我给林运奇发去信息，我说，等我，我要去寻骆驼花。

你能经受住苦难的磨炼，

你终将找到，

生活赐予你的华美。

天地绵长，

哪一日不如同恩赐?

相见不如怀念

她认识他的时候，她十四，他二十。

她是跟着姑妈到表哥的学校去看表哥的，表哥那时正念大学，在她居住的城。而他跟她表哥同学，且是要好的哥们，相识，就成顺理成章的事了。

第一次见他，他正抱着吉他，坐在宿舍的床上，忘情地弹唱着自己写的诗。她恍惚记得，那时的窗外，有一树的紫薇，铺着极粉的红。淡淡的风扫过，花影飘摇，室内的人儿，竟像坐在画里面。何况他是一袭白衣呢？多年后再回忆，那个画面，还是清晰在她的大脑里，没有丝毫的改变。

表哥说，他叫周奇，是他们学校有名的才子，在好多刊物上发表诗呢。姑妈当即就教育表哥，说，别尽玩，多跟人家周奇学习学习。他听了，便搁了吉他笑。眼睛弯弯的，是一汪波。

她开始喜欢到表哥的学校去。表哥星期天不回家，待在学校玩，她就单独去找表哥。每次去，他都在。于是，便熟了。他也跟着表哥叫她小妹。

他们都爱打篮球，常邀了一起去打。她就安静地坐在操场边的石凳上，看他们打。她觉得很快乐。而最快乐的是，他奔跑出汗了，会把外套脱下来，冲着坐在石凳上的她叫，小妹，接着——！她就赶忙站起来，伸了双手去接。不偏不倚，刚好接住他扔过来的衣。他开心地冲她一笑，大片的阳光，突然就在她眼前开了花啊，粉色的，有着蝶一样的翅膀。她抱着他的衣，小小的心，欲飞。

她狂热地爱上诗，在她十五岁那年。

她有个软皮面的小本子，上面密密的，都是抄的他写的诗。

她清楚地记得，在一本诗歌刊物上，看到他写的一组诗，其中有一首题目叫做《我的宝贝》的，她只看一遍，就能背下来了。她有着极强的记忆力，仿佛天赋，如同她对文字的悟性。她很小就读《红楼梦》，很小就能读懂贾宝玉和林黛玉的悲剧，并因此而落泪。

他在《我的宝贝》中写道：宝贝，我的宝贝 / 今夜我谁也不想 / 我只想你 / 远远地想你 / 遥遥的梦境之外 / 你是一只会唱歌的鸟儿……

心中有什么，突然破壳而出，朦胧一树花开。

暗夜里，她喜欢躲在被子里，偷偷想，那诗，或许，就是他写给她的。她咬了被角笑，一句一句，在心里面默诵。

这些，他并不知晓。在他眼里，她只是个小丫头。所以他高兴起来，也会学了她表哥的样，伸出两指轻轻敲她的头，说，小妹，给我倒一杯水去。

她就去倒一杯水来，然后乖乖坐着，听他朗诵他写的诗。那个时候，她体味到幸福。她真希望时间就那样就那样下去，永远没有夜晚来临。

十六岁的那个夏天，她初中毕业，他大学毕业。

他去了省城，在离她六百里外的一个地方。

她和表哥去送他。他没有离别的苦，一路笑嘻嘻的，和表哥相约着十年后再见。

没有一句话留给她。只在临上车时，突然转过身来，拍拍她的头，说，小妹，再见啦。

她心中有泪倾盆。

少时的恋情，是青涩的果，只在暗处忧伤或疼痛。

她抱着这样的青涩，一个人度过了她的学生年代。

这期间，表哥去了南方，在南方的一座城中落下根来。偶有信来，问及她的学习情况。她装着漫不经心地问，那个周奇，写诗的周奇，现在怎么样了？

断断续续的，她知道他分到了报社工作，知道他谈恋爱了，女朋友是播音员。很漂亮。

她的心很痛。

也还会在一些报刊上看到他写的诗，只看一遍，她便能熟记，但她还是抄摘下来，抄在她的日记里。

他写：心与心之间隔着一段眼神 / 在夜晚，我除了倾听就是沉默。

她和他之间，隔着的，却是两个时代。

他结婚了。他离婚了。他换了工作，去了一家电台。他再婚了。

她亦毕业了，工作了，恋爱了。而后嫁人，生育小孩。日子过得波平浪静。

从小的文字熏陶，让她写得一手好文。闲落的时候，她写一些文字，记录生活的点点滴滴，由此，竟在写作圈内渐渐地小有名气了。大家都知道，有个叫顾曼的小女人，散文写得特别的好。

这个时候，表哥去了国外。一年后，竟挣足钱，在海边筑一别墅，四季温暖如春。表哥打越洋电话来，她让孩子对着话筒叫舅舅。他们谈论现在和未来，却很少涉及过去。

过去，永远留在了过去。

偶尔，她会想起诗歌来，觉得很遥远。

突然就接到一个电话，电话是一个文友打来的。文友说，有个人，老早就想认识一下你呢，他非常喜欢你的散文。

谁？她问得稀松平常。她现在经常会接到一些读者的电话，以为着，那不过是一个普通读者罢了。

周奇啊，文友的回答让她吃了一惊。那个写诗的周奇你听说过没有？文友紧接着问。

心里面突然有万顷碧波，澎湃起来，原来，山不转，水在转的。水不转，人在转的。

周奇很快抢过话筒，他的声音，从六百里外传来，真切在她的耳边。周奇说，顾曼你好，我经常在一些报刊上看到你写的散文，写得有滋有味的，很是喜欢。她静静听了，只没有话回他。恍在梦里。

他还说了一些什么的，她没听清。旁边嘈杂人语，是一帮文友正聚在一起喝酒。

最后，满室喧哗之中，他几乎是对着话筒叫着告诉她，你等着，我会寄一样东西给你。

她以为，他是喝多了。

一星期后，她果真收到他寄来的东西，落款是省电台。

拆开，是一本诗集，他的。扉页上有他的照片，笑得发丝飞扬，豪气万丈。那个样子，已不是她记忆中的模样了。

她对着照片看，努力从中找出当年的影子。

是了是了，那笑容，笑起来，眼睛弯弯的，像一汪波。很熟悉呵。她看得心口疼。

随书寄来的，还有他的便笺，写在两张白纸上。他介绍了他近年来的创作情况，说喜欢她的散文，喜欢她的生活状态。信后，留有他的手机号。他说，真希望和她能成为很好的朋友。

他是真的一丁点也不知道，她就是当年的那个小妹，就是那个，对他充满无限崇拜的小女生。

他们有了联系。

在深夜里，在她眼睛正倦怠的时候，他会发一个信息给她，只简单几个字，却温暖得紧。他说，别太累着。

天开始凉下来的时候，他发信息给她，多加衣。

也偶会打来电话，在凌晨。那个时候，他一个人坐在省电台十五层楼上，读书，或写作。那个时候，她手指冰凉，按在键盘上。爱人远在另一个小城工作，孩子在婆婆家里。她笑说，她是孤魂野鬼。

他说好啊，一个人独处，可以任由思绪蹁跹。她低了头笑，说，我还以为夜里只有我一个是不睡的呢。

他说，哪里啊，我也总在凌晨两点多才睡的呀。凌晨多好，万籁俱静，便觉得整个天地都是我的了。又说起某一天凌晨，他从电台回家，周围没有任何声响，静得像画中的一座城。当时天上一轮满月，银色的光，丝绸般滑落一地。他立时就可惜了，那些人怎么舍得睡觉的呢？这么好的风景啊，这么美的时刻啊，太浪费了。

她听了，笑得哗哩哗啦，是真正的开心。

他到她的城来做采访。

他发信息给她，说，阿曼，我到你的城了，请我吃饭否？

她以为他在开玩笑，就说，好啊。

他说，真的，我真的到了你的城。

她立即有些慌了，说，不，我不想见你。

晚上，他从他住的宾馆给她打来电话。旁边嘈嘈切切，是和他一起来的同事。她听得电话里有人打闹着笑问，给谁打电话呢周哥？

电话里的声音远了去，听得见他在追逐什么人。快叫周大爷，给你大爷的女朋友打呢，他笑骂。

一会之后，静了，只有他的声音。他说，对不起啊，开个玩笑，你别介意啊。

我现在已避开他们，把头伸在阳台的窗外给你打电话呢，他说。她真的就听到窗外风吹的声音。不久，还听到放礼花的声音，噼呖啪啦的，热闹得犹如在眼前。

他问，听到没？宾馆楼前在放礼花呢，停了许多的车，有人在举行婚礼呢。

礼花的声音渐渐到了远处，他已回到室内，告诉她，他正坐在地上给她打电话。她紧着一句，起来啊，地上很冷的。他笑，没事，有地毯呢。

阿曼，他叫，我很喜欢你，很想见见你，很想知道你长什么模样。停顿一会儿，他叹口气说，但你说不见，不见就不见吧，我想也是，不见的好。我现在就在你两千米以外的地方，两千米啊，我们不见。

她笑，说，是，不见，我们不见。

但到六十岁后，我会来找你。到那时，阿曼，你肯不肯让我抱抱你啊？

她微低了头，有泪滴，坠在腮旁。她很想跟他说一说当年的小妹，说一说坐在球场边看他们打球的那个小女生。

但没有。

搁电话的时候，他说，阿曼，我今天酒喝多了，若说了什么不好的话，你千万别介意啊。

她说，不介意的。

然后，叹息。她一声，他一声，同时地。

他走的时候，给她发信息，阿曼，我走了。

她接到信息的时候，正从那个宾馆门口过。穿着她最喜欢穿的那件风衣，系着她最喜欢系的那条红色丝巾。

她看到一群人从里面走出来。或许，他就在里面。但她没有回头，一直地走了下去。

他回家不久，给她来电邮。在电邮里他说，阿曼，我真的很想见你的，但不能。我们只能做距离外的朋友，一旦距离近了，所有想象中的美好，或许都会如瓷器坠地，乱飞的碎片，不但会划伤自己，也会划伤别人。

什么也不用说了。她自然懂得，相见，不如怀念。

301只纸鹤

我天生手笨。小时，母亲捉住我的手，帮我看我手指上的螺纹，叹一声，这丫头，手笨。是指我手指上的螺纹，多为箩状。民间有说法，一箩巧，二箩拙，三箩笨了十八转。那笨了十八转之说，照我今天的理解，当是笨到家了。

我偏偏有三个箩的。

所以，我老是学不会折纸鹤。尽管我费了很多心思学，还是不会折。更不要说高难度的织毛线了，哪怕织一副手套，我也学不会。在那所开满蝴蝶兰的大学校园里，当我的女同学们，一人一捧毛线，为她们的爱情飞针走线时，我坐在二楼的阅览室里，静静地看柯寄来的信。我在素白的纸上，一笔一画，给他回信。我抬首写，柯。心底便有蝴蝶兰开，淡紫。鹅黄。纯白。蔚蓝。一朵一朵，一开一大片。春光无限好。

柯的来信，是一只只安静的纸鹤，躺在信封里。我不忍心一下子拆开来看，总是把那些纸鹤，托在掌上，细细端详。我想象着，它若飞翔，会以什么样的姿势。蓝天碧空之上，它的家园，在我看不见的地方。

我也这样想象着柯居住的地方。柯说，开门见山，房后也是山。春天，漫山遍野，都是野杜鹃。而秋天，一山的红叶在燃烧。

这样的描述，很具煽动性。以至于我很多的梦里，会梦到那个地方。而柯，总远远地站着，清瘦，眼神忧郁。

那时候，我写诗，柯也写诗。我们狂热地爱着诗歌。柯组建了一个文学社，全是爱好诗歌的热血青年。他们打算出版一本诗集，向全社会征集诗稿，广告打到一家无甚名气的刊物上。我坐在阅览室里，翻到那本杂志，看到那则广告。我在那则广告上停留了好几分钟，我抄下了地址，给他们寄去了我写的几首诗。

并不抱希望会有回音。因为那之前，我也经常投稿，天南地北，但都石沉大海。

初夏的天，图书楼前，一种叫荷花玉兰的花，开了。碗口大的花，白鸽似的，停在枝上，振翅欲飞。我仰头看花时，班上去传达室取信的女生，捧一沓信，一路飞跑。看见我，突然回头叫，叶子，有你的信，湖北来的。

湖北？那个遥远而陌生的地方，一下子让我心跳加快。

在一堆信件里，我翻找出我的。信封上的字，遒劲、飘逸。拆开信封，一只纸鹤，突然“飞”出来，让我惊喜不已。那是柯给我写的第一封信，大意是说，我的诗写得很好，他准备全部选用云云。

那真是鼓舞我，我又给他寄去几首我新写的诗。很快，他的纸鹤再次飞来，驮着他热情洋溢的赞美。只是诗集最终因资金不到位，没有印成。柯抱歉地说，等以后他赚了钱，他要做的第一件事，就是出版诗集，且把我的诗，放在首页。

我们的通信，渐渐密集起来。渐渐的，有了牵挂，有了等待。还有，滋生出一种叫相思的情绪，点点滴滴。柯开始叫我叶子。我开始叫他柯，因为他姓柯。那个“柯”字，仿佛从心里长出来的，每叫一下，我的心，就甜蜜地开一次花。我说，柯，我不会折纸鹤，你叠好的纸鹤，我拆开后，再也无法恢复成原样了。我很笨的。

柯再写信来，就多折一只小纸鹤，放里边，用漂亮的彩纸。他说，叶子，大的，你拆阅。小的，留着陪伴你。

当小纸鹤收集到一百只的时候，我知道了柯的一些故事：穷山沟里出生，念书只念到初中，就回了家。梦想却一直不肯熄灭——他想成为诗人。他求了人，到镇上图书馆谋得一份差事——管理图书。馆长怜惜他，给他一间小阁楼，让他权且安身。他在那里面写诗。每天清晨，楼下有收荒货的，一路高叫着，收荒货哎——逶迤而去。他下楼，街的拐角处，有个烧饼炉子，做烧饼的，是脸上长满疙瘩的中年男人。烧饼的馅，有大葱的，也有萝卜丝的。他去买两只烧饼，当早饭也当午饭。他说，那烧饼味道真的很好，叶子，我真想买了给你吃。

这样的柯，让我心疼，让我柔软。我买了一盒饼干，给他寄去。这是当年，我作为穷学生，所能做的最奢侈的事。

柯的信很快来，柯说，叶子，你美好得像花蕊，你是降落人间的天使。

大学毕业那年，柯寄我的小纸鹤，已多达300只了。它们花花绿绿的，斑斓在一只玻璃瓶里。

我知道柯喜欢我，柯也知道我喜欢他，但我们，从来不曾说过喜欢。

我在等柯说，叶子，你来吧，到我这里来吧。我想，只要他说，我一定会毫不犹豫地奔他而去。我甚至想好了，哪怕他长相不好，哪怕他真的两手空空，我依然愿意，爱。我会在他的小镇上，找一份工作，和他一起，慢慢把岁月数老。

柯却没有说。

在我毕业前夕，一直频频写信来的柯，忽然沉默了。

我把300只纸鹤，装进我的行囊，我回了我的家乡，安顿在一所中学里，教一群孩子读书。数天后，柯的一封信，从我原来读书的大学，辗转到达我手里。信依然被他折成一只漂亮的纸鹤，且在一旁另放了一只小纸鹤。在信上，柯第一次告诉我，他是个残疾人，是小时患小儿麻痹，留下的后遗症。他说，他很羡慕大学生，认识我这个大学生，是他一生的荣幸。他说，叶子，想象着你会嫁人，想象着你围着碎花围裙，在凡俗里，过着柴米油盐的日子，就为你欢喜。叶子，答应我，你一定要过得幸福。

我立即给他回了信去，隔些日子，却收到退信。信封上写着，查无此人。再寄去，依然是退信。

柯就这样，消失了，从我的生命里。

我坐了一天一夜的火车，去了柯所在的那个小镇。

小镇很小，楼高不过三层。所有的房子，都带了围墙。围墙上，趴着开得很好的喇叭花。还有，扁豆花。粉紫的一片。

我掐了一朵扁豆花，放在衣兜里。

我看到柯所说的图书馆。两层的房子，房顶尖尖地上去了，那大概就是柯所说的小阁楼。我进去，里面放着几张台球桌，一些人正热火朝天，在里面打台球，不见了图书。

有人看我一眼，问我，找谁？

我说出了柯的名字。他们立即掉过头去，继续打他们的台球，说，没这个人。

我出门。在街道拐角处，看见一个烧饼炉子，灰扑扑地立在那儿。旁边木牌子上写着“烧饼”两字，漆已剥落。我过去寻问，有烧饼卖吗？很久，才从屋内走出一个女人来，女人看我一眼，说，这儿的烧饼，早不做了。

我握着一朵扁豆花，在小镇上转，从东，到西。从南，到北。天空高高远远，风吹得人疼痛。

有人坐在店内，看我。我也看他。

围墙边，有只小狗，蹲在那儿，也充满好奇地看着我，久久地。我走过去，弯下腰，小狗的眼睛，水汪汪的。我对着小狗，说了很多的话。那只小狗，就一直温良地听着。

天快黑的时候，我坐上了回家的车。我把那朵扁豆花，丢到车窗外。我把我最美的青春，丢进了风里面。

我会折纸鹤，是在我有了儿子后。

这个时候，我也学会了织毛衣，我给儿子织各种图案的毛衣。儿子穿上，看到的人，都说比买的还好看。我也会做很多手工，会把碎布拼凑起来，成一个布玩具。会用纸折飞机，折灯笼，也会，折纸鹤。

我原来，一点也不手笨的。

当我折出第一只纸鹤时，我想起柯寄我的 301 只小纸鹤。我找出存放它们的玻璃瓶，我拆开一只小纸鹤，我在彩纸的中间，意外发现了一个大大的“爱”字。那是柯的笔迹。我再拆开一只，还是一个“爱”字。我的眼前，是当年蝴蝶兰开，淡紫。鹅黄。纯白。蔚蓝。一朵朵，一片片……

如果真有下辈子

又梦到你。街道拐角处，五月的石榴花，开得火红火红。天空瓦蓝，阳光明朗。你一袭红衫，笑容可掬地站在我跟前，微低了头，问我，小蕊，你还好吗？

惊醒。夜深沉。月亮的影，在窗帘上寂静。后半夜了罢？你，不见了。

心里的哪块，被什么东西碰疼。我翻身起床找止痛片。有时，我必须靠这个，来安抚我的疼痛。一眼瞥见你送我的绣花鞋，红粉的牡丹，硕大地开在鞋头上。那是你去平遥时，给我买的。你说，那里有店铺，整面的墙上，全挂着绣花鞋，真正的手工呢。我于是也把它挂到墙上，它成了我的小屋里，最美的装饰。

去丽江古城，你给我扛回足足有五尺高的根雕。那雕刻的手艺真是绝了，一树的苹果花，开得沸沸扬扬，每个花瓣，都惟妙惟肖。你说，有这一树苹果花陪着，小蕊就再不会寂寞。灯光下，苹果花们仍开得那么沸沸扬扬，可是，我很寂寞。

我伸手抚脸，有湿湿的东西，冰冷在掌心。我想告诉你，亲爱的，最近我很软弱，还特别，爱哭。

十几年来，我们一直在一个小城住。同一个天空，同一条街道。太阳照在你的身上，也照在我的身上。路边的玉兰花，开在你的眼里，也开在我的眼里。但我们，愣是不相识。无数次擦肩而过后，终于有一天，我们在一个颁奖会上相逢。那是一次征文比赛，写小城风光的。一共评出两个一等奖，你一个，我一个。别人对你介绍我，你瞪大眼睛说，原来是你？

我内心的欢喜，在那一刻腾跳，如鱼跃出水。原来，你早就知道我的。

我们站在领奖台上，互相对望。你突然调皮地冲我挤挤眼，我也回你一个，我们同时笑了。心里的温暖，开始蔓延。原来，人与人的相知，只需一个眼神，就可以抵达心灵。

主持人热情洋溢地讲了很多话，我们一句也没听进去，只是对望着微笑。直到主持人把话筒递到你跟前，大声叫着你的名字，请你谈谈获奖感言，你才惊醒一般，接过话筒，却忘了措词，只反复说着这样一句话，今天我很高兴。真的，我很高兴。

抛开满室的热闹，我们躲到外面走廊上聊天。正是春天，楼下空地上，花树一片片，争奇斗艳。我的心中，也是花树一片片。那天，我们谈了很多，人生，文学，甚至谈到我爱养小猫，你爱养小狗。你有相见恨晚的感觉。我何尝不是？

别时，你握住我的手，手指轻轻在我的掌上，划下两个字。你说常联系啊。我问那是两个什么字。你当时没说，后来才告诉我，那两个字是，真好。你说，傻瓜，我们终于没有错过，真好。

这一声傻瓜，叫得我心头热。仿佛失散多年的亲人，回来了。

一起去海边采风，报社组织的。

你开着车子来，执意让我不要坐报社的车，而坐你的车。

你小心地帮我系好安全带，顺手递给我一包零食，是我爱吃的爆米花。你的细致，让我感动。

音箱里，循环放着陶笛《故乡的原风景》。那日聊天时，我曾说过，我最喜欢的乐器是陶笛。我说，那些孔里面，灌满风声，草声，流水声，鸟鸣声……

你说，那是故乡的魂。

我在这一句里百转千回。世上之人，懂我者，舍你其谁？

然你出生的优越，你纵横的才气，却让我自卑。我从小家境贫寒，高中没念完，就出来找工作，一路磕磕绊绊走到现在。我们中间注定了，有一条不可逾越的鸿沟。你是骑着白马的王子，而我，只是躲在灶间，灰头灰脸烧火取暖的灰姑娘。王子娶了灰姑娘，那是童话里的故事。现实里，我怎么能走近你?

是的，不能走近。你的身边，已有一好女子，笑意盈盈。每天打开小城的电视，会看到她在镜头前，播本市新闻。一笑倾人城。无数的人羡慕地说，你们真是郎才女貌的一对。

我也以为是。海边回来的第二天，我看到你和她迎面走过来，仿佛两棵生机勃勃的双生树，阳光沐着，周边的景，立时失色。我故作平静地，看着你们笑。你惊喜地叫我，小蕊。她问你我是谁。你对我俏皮地眨眨眼睛，回她说，青梅竹马的一个朋友。

那一刻，有花在我心头“砰”地绽开，又悄没声息地凋谢。烟花般的疼痛。

街的拐角处，我们又相遇。路边，五月的石榴花，开得火红火红。天空瓦蓝，阳光明朗。你一袭红衫，笑容可掬地站在我跟前，微低了头，问我，小蕊，你还好吗?

我说，还好。波平浪静的样子。

我们站着说话。你说你在看《明朝那些事儿》，我说我在看《长恨歌》。

有人路过，跟你打招呼。你笑着回应。我们之间正在说的话，就这样，断了。

一时无语，便沉默地站着。你的眼中，有星光点点，撒落到我的身上。我躲开你的眼睛，我说，我还有事，得先走了。

你轻轻叹一口气说，好吧。待我走了几步远，你突然叫住我。我回头，你笑着摘一朵石榴花，放我的车篓里。你说，但愿君心似此花呀。我问，什么意思？你呵呵笑了，说，没啥，走吧，你去忙吧。

那朵花，后来被我插在桌上的玻璃瓶里，艳丽了很长时间。

深夜，我坐在电脑前，手指冰凉地敲字。你的信息至，你说，小蕊，听话，不要熬夜哦。

也在醉酒的时候，给我打来电话，含混不清地说一些笑闻给我听。然后说，小蕊，你要好好的，你好好的，我就放心了。

那些日子，真乱啊，乱乱的幸福，乱乱的疼痛，水草样的，纠缠着。窗外，桂花树上的野鹦鹉，却独自婉转地唱个不停。

小城人盛传，你要订婚了。说你的父亲，给未来儿媳准备的礼物，竟是一辆宝马。

首饰店门口，你和她一同出来。我证实了那个传闻。

那天的雨，真大。你们共撑一把小雨伞，说笑着走向停在门口的车。我来不及转身，一路狂跑，雨打湿了衣，也不自知。我好像听到你在身后喊叫，小蕊，小蕊。我没有止步。

回家后，我感冒了。高温不退，不得不住院。

你捧着一束百合去看我。朵朵百合，幽幽复幽幽。你抽出一朵，放我枕旁，说百合的香味清淡，可以伴我好睡。

你亦买了水果，是我爱吃的苹果和草莓。你把苹果削好，把草莓洗净，再用牙签一一插上，放在拓印着蓝花的托盘里，嘱我要多吃。

同病房住着的一个小丫头，羡慕地对我说，小蕊姐，你男朋友对你真好。

我不看你，我扭过头去纠正小丫头，我说，不是啊，我们只是普通朋友。

小丫头惊奇地问你，是吗？你脸上的笑，暗了暗，没说是，也没说不是。

我送你出去。狭小的走廊上，你低了头看我，眼里蓄着别样情愫。几次三番伸了手，想要挨到我的额上，却中途放下。你说，小蕊，心疼你。

一句心疼，让我的心，忍不住泪落。这么多年来，我一个人在外打拼生活，从不曾有人，对我说过心疼。我真想轻轻靠近你，让你温暖的手掌，抚过我的孤单和痛。但我知道，我不可以的。我想起那个一笑倾城的女子，你就要和她订婚了，她才是你的爱。

我故作镇静地对你笑笑，我说，谢谢你送我花和水果。

我病好后出院，却听说，你跟你的女友分手了。女孩哭得梨花带雨，追问你分手的理由，你竟回她，你爱上别人了。

你的父亲，为这，要跟你断绝父子关系。一直孝顺的你，这一次，却很坚持。

我不知道这是不是真的，但真的没再见到你跟那个女孩在一起。

却频繁地来看我，带着我喜欢吃的小吃来，甜饼，米糕，还有芝麻团子。有时，也带来做好的菜，鱼香肉丝，或宫爆鸡丁。你说，小蕊，你要多吃，你太瘦了。

天气一有变化，你就打电话给我，要我多加衣。仙人掌，富贵竹，吊兰……你一天一盆地往我的小屋搬，你说要把我的小屋，布置成小花园。

你的关爱，开始密布了我的天空。

我多想接受你，多想把头埋在你的怀里，好好闻闻你的气息。却不能。我不能坦然面对小城人的议论，我亦不能坦然面对你的好。

我只有，选择逃离。

刚好公司要派人去外地，为期一年。我主动申请，获批准。

我没有告诉你，一直到离开，都没有告诉你。坐在离开小城的车上，我泪流满面。我抽掉手机卡，隔绝了与你的所有联系。

一年后我回来，你却成了照片上的一个人。花开又一年，我总是在想你的梦里，醒过来。如果真有下辈子，亲爱的，你看，我多么俗。我希望，你会找到我，那个下巴上有一颗痣的女子。到那时，我一定不会逃避，我会对你说，娶了我吧，让我做你的爱人。

芒果树下许个愿

傅一凡是在突然间，决定要离开上海的。

他的大脑就那么拐了一个弯，那个弯伸向远方。远方是什么，他不知道，他也不想知道。他对陈彬说，哥们，我想离开，走得远远的，远得再也望不见这里。那时候，他们在酒吧喝酒。灯火辉煌，客正多，嘈嘈切切，切切嘈嘈。凡尘的热闹，总是如期上演。一个流浪女歌手抱着吉他，在台上兀自弹唱：

滴答滴答滴答滴答，寂寞的夜和谁说话？滴答滴答滴答滴答，伤心的泪儿谁来擦？滴答滴答滴答滴答，整理好心情再出发。滴答滴答滴答滴答，还会有人把你牵挂。

傅一凡盯着台上看了会儿，他把桌上瓶子里的一枝红玫瑰，抽出，送到台上去。陈彬等他回到座位上，不无担忧地看着他说，傅一凡，你没醉吧？你别做傻事啊。傅一凡打断他的话，指着台上的女歌手说，哥们，请别说话，你听，她唱得多好啊！滴答滴答滴答滴答，整理好心情再出发。我真的想离开了，再待在这儿，我会发疯的。

失恋使人发疯。恋了二十年啊。二十年多长？他几乎是守着许加蓓长大的，从七岁，到二十七岁。七岁那年，许加蓓全家搬来他家隔壁，一道院墙隔着，她在那边叫他，一凡哥哥。

一路呵护着她，彼此许诺过生生世世的。可是，她却骗了他。婚期在即，她编了理由哄他，去赴别的男人的约会。上海说大也大，说小也小，偏偏就让他遇着了。那日，外地朋友来，他去宾馆相陪，电梯口，赫然撞见许加蓓和一个男人，在拥吻。

哥们，你知道爱情最可怕的是什么？不是不爱，而是欺骗！他红着眼睛望着陈彬，仰头灌下一杯酒。他真的醉了。

傅一凡醒过来，已是翌日午后。太阳穴两边疼得厉害，他躺着不想动弹，随手拿起床头的一本杂志，乱翻。一行文字吸引了他：

街道上植着菠萝蜜，硕大的果，坠满枝头。还有缅桂花，白的黄的花朵儿，已然绽开，香气染遍小镇每一寸空气。最奇的是镇中一棵芒果树，百十年了，树干直径有一米多，枝条上，爬满兰花和黄草。当地人喜欢到树下许愿，据说很灵验。

这是西南边陲一个小镇，一个驴友无意中闯进去，把它视为人间天堂。傅一凡睡不住了，立即翻身起来查地图。他的眼光，锁定在那个偏远小镇上。失恋的伤痛，好像不那么痛了，而出行的欲望，开始鼓胀成帆。

比起傅一凡的大上海来说，西南这个边陲小镇，可真是太袖珍了。横不过三条街道，路边植着高大的菠萝蜜，正是秋熟时分，树上果实累累。竖不过两条街道，路边长着缅桂花，花开得稠稠密密。此时，他处已是碧云天黄叶地，一派凋零衰落的景象，这里的风光，却处处摇人心旌。

傅一凡找一客栈住下。两层的小木楼，前阳台对着街道，探过头去，可摘到一袖缅桂花。后阳台对着一条小河，河边洗衣的女人，把五颜六色的衣裳，叠放在石头上。她们举棒槌轻轻敲，笃笃，笃笃。一河的水在欢唱。对岸，山峦起伏，苍苍翠翠。

客栈老板娘轻手轻脚上来，给他提来一壶茶。缅桂花泡的，老板娘笑指街道边一排缅桂花说。想吃什么，你可以自己下来，到厨房里去挑。老板娘气质不俗，说话轻言慢语。后来聊天时，傅一凡得知，她不是本地人，她是从苏州来的。一次偶然机会，她来到这里，喜欢上了，不走了，这一住，就是十二年。

傅一凡心一动，或许，他也可以在这里安定下来，开一家书吧什么的。闲时，可以练练书法。年少时，他是热爱书法的，他曾跟在一个老书法家后面，练过四年书法。

他喝着缅桂花茶，隔着栏杆，看客栈后的女人们洗衣裳。时光慢悠悠的，像小船一样，晃晃荡荡。

去寻文字中的那棵芒果树。

根本没费什么力气，就让傅一凡给寻着了。

树比想象中的还要粗壮高大，简直能包下几幢房，一座小山峦似的。傅一凡初见到，大吃一惊，他直愣愣瞪着它，呼吸急促。

树枝纵横交错，绿叶婆娑。垂下来的枝条上，挂有不少的红布条，随风轻摆。远望去，像一只只纷飞的红蝴蝶。傅一凡抓起一根红布条，正准备细看，身后突然传来一个温柔的声音，不用看了，那是当地人许愿挂上去的。

回头，是一张眉眼盈盈的笑脸。

傅一凡是在一顿饭后，知道这个眉眼盈盈的女子，叫禾小田。洛阳人，大学讲师。在他到来之前，她已在这里生活了两个多月。

那个下午，他一直待在她身边，看她在画夹上画芒果树。她告诉他，芒果树还有个好听的名字，叫蜜望子。

他很感兴趣地问，为什么这么叫呢？

她于是跟他讲芒果树的来历：芒果树原产印度，唐朝高僧玄奘，到印度礼佛，相遇到这树，觉得是一段佛缘，遂把它引荐回国，在南方遍植。每年四五月份，树上会绽开淡黄色的小花，密匝匝地挤满树，清香四溢。蜜蜂望之兴奋，围着树再不肯飞走了，所以它又名蜜望子。

哦，原来如此，傅一凡听得津津有味。对眼前这个女子的倾慕与怜爱，几乎在一瞬间产生。他看她低头作画的样子，想起《诗经》里的美丽句子：

野有蔓草，零露漙兮。有美一人，清扬婉兮。邂逅相遇，适我愿兮。

他的脸不自觉红了红，他在心里责怪自己，怎么这么快就忘了许加蓓了？原来，感情这东西，是最说不准的。他原谅了许加蓓的背叛。

禾小田对他的心理活动，一无所知。落霞满天时，她收起画夹，抬头对他做出邀请，一起吃饭吧。

他正求之不得，忙忙答应，好，好啊。

跟着她一路走，路上相遇到的小镇人，都热情地跟禾小田打招呼，一边拿眼看他。禾小田大方地介绍，我朋友，从上海来的。

禾小田那一句“我朋友”，让傅一凡独自回味了很久。直至晚上回到客栈，躺到床上，他还在想着这句话，一边想，一边笑。外面的缅桂花，开得轰轰烈烈。

禾小田住在一个叫善水的老人家里。

老人的房，有老式的天井，有点像江南的小宅院。傅一凡四下打量一番，觉得很是喜欢。

老人慈眉善目，无儿无女，喜欢摆弄花草，养了一天井的花花草草。他说那些花草，都是他的孩子。很多的，傅一凡都叫不上名字。它们统统都移到了禾小田的画笔下。禾小田给它们另取了名字，开白花的，叫小白。开红花的，叫小红。傅一凡笑，它们好像是过去的丫头嘛。

禾小田亦笑，把红红绿绿的颜料，涂得满画纸都是。她说，我一直有个愿望，和我喜欢的人结婚，生许多丫头，让她们穿红着绿，我做丫头王。

这个微小的甜蜜的愿望，让傅一凡深深感动。傅一凡装着不经意地问，那么，你有喜欢的人了吗？

禾小田答，正在找啊。这话有挑逗的意思。傅一凡愣了愣，故意油嘴滑舌地说，那么，你看我怎么样？禾小田抬头睨他一眼，哈哈笑了，说，还凑合。傅一凡的心里，就“嘭”的一下，开满了缅桂花。

日子过得有些不知今夕是何夕了。大多数时候，禾小田是精神饱满着的，她拉傅一凡走遍小镇每一条街道，把路边的菠萝蜜，一一数遍。她在芒果树下，画他和芒果树，把他画到芒果树的枝丫上。她调皮地说，你会和芒果树一样长寿的。半夜三更，她来敲他的门，约他一起去偷菠萝蜜吃。镇上多的是菠萝蜜，哪里用得着偷？但她孩子似的兴奋，还是让他一跃而起。他们蹑手蹑脚，走上街头，走到一棵菠萝蜜下，四下看看，无人。整个小镇，和对岸的山峦一样，安睡在宁静里。傅一凡跳起，摘下一颗硕大的菠萝蜜，捧着。禾小田在一边拍手叫，偷着了！偷着了！

哪有这样做贼的，还大呼小叫的？当他们坐在客栈的地板上，分吃着菠萝蜜的时候，傅一凡笑禾小田。禾小田歪头想了想，也是啊，哪有大呼小叫着做贼的。当下要重演一次做贼，被傅一凡拦住了。

傅一凡说，要不，我们就在这里住下来，买一幢小小的房，你画画，我开个书吧或茶吧什么的，我天天夜里陪你去偷菠萝蜜吃。

禾小田应道，好啊。

幸福来得太突然了，突然得让傅一凡有点措手不及。他忍不住打电话告诉陈彬，哥们，我找到我心爱的女人了。陈彬一时没反应过来，问，你跟许加蓓和好了？和好了好，和好了好。祝贺你们，我等着喝你们的喜酒。

这都哪跟哪啊！傅一凡笑着摇摇头，搁下电话。

许加蓓？他好久没想到她了。再努力回忆，也都是从前的人了。

禾小田悄悄离开了小镇。这天，小镇上下了入秋以来第一场雨。满街的缅桂花，纷纷落下。

傅一凡是在午后才得知的。那几天，禾小田的精神状态不太好，她说她很想好好睡一觉。傅一凡以为她累着了，上午尽量不去打扰她。自从相识以来，他们几乎整天粘在一起。她的兴致总是很高，有时半夜三更的，她叫起他，跑到芒果树下去唱歌。又兴兴地，跑遍整个镇子，一处一处地看房。他们计划着开个茶吧，四周的墙壁上，挂满她的画作。无客的时候，他练书法，她作画。时光干净，尘世不惊。

他们坐在客栈后的河边，这么遐想着。她的头，轻轻倚在他的肩上。有好一会儿，她是软弱无力的，但她的眼睛亮晶晶的。他们的明天，仿佛就在跟前。她幸福得轻轻叹，多好，多好啊。

善水老人出现在客栈时，傅一凡正打算去找禾小田，他有好消息要告诉她。上午在后街，他看到一处好房，山脚下，临水，有竹篱笆围成的小院子。若是在院子里搭建几个凉棚，再摆上几张石桌，应是喝茶的好去处。他们将在那里饴山弄水，相伴终老。

善水老人看着他，轻轻摇了摇头，叹息着说，小阿哥，你不用去找禾小田了，禾小田走了，早上她家里人来，接走她了。他把禾小田留下的画作，和写给傅一凡的一封信，交给傅一凡。

傅一凡的眼光，落在禾小田的画作和信上，整个人都懵了。怎么会呢？禾小田怎么会一声不吭就离开呢？要离开也是和他一起啊。

他冲出客栈，冲上街道。眼前只有一蓑烟雨，满街桂花落。

素淡的宣纸上，印着细碎的缅桂花，禾小田在纸上说：

一凡，在医生宣布我只剩五个月的生命时，我来到这里。

我真喜欢这里啊，有高大的菠萝蜜，有芬芳的缅桂花，有传奇的芒果树，有安详的小镇人。我天天呼吸着新鲜的空气，我爱上这里每一朵花，每一棵草。以前我从没觉得，生命可以散发出奇异的香味。是的，这里的山，这里的水，这里的人，无一不带着奇异的体香。

在我最后的日子里，我能在这里度过，我多么感激。我想，我是慢慢的，慢慢的，融入到自然里面去，成为自然里的一棵草，一朵花。

我没想到会遇到善良的你。之前，我有过一段恋情，在我生病后，这份恋情，渐渐淡了，远了。我不怨他，谁能承受一份消失呢？我爱的心，也渐渐冷了，不奢望了。

可是，你点燃我爱的火焰。现在回想，和你在一起的每一分每一秒，都罩着七彩的光环呢。我真舍不得啊，舍不得松手啊。像小时贪恋糖的甜，不舍得一口吞下，而是一点点舔食它，可是最终，糖还是全部消融了。

就像，你我的爱。现在，我不得不与你告别，因为，我的身体告诉我，我快支撑不住了。

亲爱的一凡，请原谅我事前没告诉你，请原谅我的自私，我想在生命的最后，享受被爱的滋味。我贪婪了。

亲爱的一凡，热爱生命吧，没有比生命更珍贵的东西了。禾小田永远为你祝福，无论她在天上，还是在地下。

黄昏时，雨停了。傅一凡告别了小镇。

走之前，他做了两件事，一是把禾小田的画作，送给了善水老人。傅一凡说，我和禾小田，还会回来的。

善水老人弯腰修理着一盆花，掩饰着他要掉下的泪。善水老人说，我和我的花，会等着你们回来的。

二是跑去那棵百年的芒果树下，虔诚地挂上了许愿的红布条。那红布条随风飘起来，像一只飞翔的纸鸢，上面的字隐隐约约：禾小田，我亲爱的傻丫头，答应我，你一定要好好地等着我！

尘缘相误，无计花间住

柳如眉的银手镯丢了。她问路过的人，你见过我的银手镯吗？上面刻两朵梅花，下面挂一个心形坠子，她比划着说。大家惊诧地看看她，摇头回，没见着。她站在一棵广玉兰下发愣，那会儿，黄昏的风，刚刚吹起。大而白稠的玉兰花，隐约在浓密的叶间，香气一笼一笼地在风中蒸起、飘散。惹人愁。

银手镯是母亲柳梅花留给她的。

母亲是个长相秀气的女人，带着她，在小城的一条深巷住。母亲给人裁剪衣服，家里整日里弥漫着各种布料的味道，她在五彩缤纷的碎布条中摸打滚爬着长大。日子简单。偶尔母亲带她回乡下，去看外婆。外婆住在大山沟里，两间泥坯房，收拾得很干净。一只花猫，一只黑狗，跳过来迎接她们。

她在门前捉蚂蚱和蜻蜓。听见母亲和外婆的谈话，从屋子里断断续续地传来，母亲说，我就带着如眉过，一辈子这样，也好的。外婆的叹息，重重地落下来。她觉得那叹息很悲愁，却不知悲在哪里。从小，她就跟别的孩子有些不一样的，别的孩子有父亲，她却没有。她问过母亲，母亲抚摸她的头，问她，跟着妈妈过不好么？她渐渐长大，对这个话题，再缄口不言。

母亲却病了，在她读高中的时候。在最后的日子里，母亲出了一趟远门，回来后，母亲就躺倒了，再也没能起床。临终前，母亲褪下腕上的银手镯给她，嘱咐她，带着这个银手镯，去找一个叫高云鹤的人，他会供你念大学的。

高云鹤是个相当有身份有地位的人，这是柳如眉见到他之后，第一眼就看出的。

他有专职的司机。司机把车开到酒店门口，有人立即上去替他拉开车门。柳如眉突然慌乱起来，凭她的直觉，她猜出母亲和这个男人之间的不寻常。可到底是怎样的纠缠，母亲这些年一直没说过。母亲最后的话，吝啬得只有十来个字：他是妈的朋友，你叫他舅舅吧。

高云鹤细细打量柳如眉，看得柳如眉浑身不自在。后来，他的眼光，定定落在她腕上的银手镯上。柳如眉端茶杯的手，就微微抖了抖。他发觉了，伸手按过来，他说，你长得可真像梅花。

他的手指，凉凉地滑过她的手，一直滑下去，滑到她的心里面。她极渴望极渴望抓起那只手，让她的脸偎过去，哭。这种感觉好奇怪。但她最终压制住了，她鼓起勇气问，舅舅，你与我妈妈，到底是怎样的朋友？

高云鹤缩回手，尴尬地笑了笑，眼神是虚飘着的。他说，我尊重梅花的意思，她来找过我，她要你好好念大学。

他掏出一张银联卡，在纸上写上银联卡的密码。他说，这里面的钱，足够你读完四年大学了，我定期还会给你打的。只是，他顿了顿，迟疑了一下，说，你好好念书，若没有特别的事，你不要来找我，我会派人去看你的。

柳如眉一下子明白了什么，当时她很想把那张银联卡摔到他跟前，做蔑视状。但终究没有。没错，她要念大学，她不能没有钱。

大学校园里，关于柳如眉的传闻多起来，版本不外乎两个：一、柳如眉家世惊人，父母不是高官，就是腰缠万贯的老板。二、柳如眉被有钱人包养了。

每个月末，都有一辆黑色的宝马，一直开到柳如眉的宿舍楼下。宝马定期送来吃的，穿的，用的，全是高档的。

柳如眉照单全收。对各方探询过来的目光，她不做解释，任由那些传闻，一路传开去。

当她失魂落魄寻她丢了的银手镯时，她的背后，窃窃私语声此起彼伏：她有宝马来看她，还在乎那只破手镯？

于是关于她的银手镯，亦有了传闻，说是某个情夫，送给她的定情物。

她装作没听见，继续寻找她的银手镯。

在她寻得就快绝望了时，突然接到一个电话，电话里的男生，声音阳光，他说，柳如眉，我捡到你的银手镯了。

外语系的男生叶之文，被众多女生视作白马王子，偏偏撇尽身边如火的热情，独独喜欢上冷艳的柳如眉。校园里数次相逢到，他试图接近她，都被她冷冷地拒绝了。阅览室里，也有过唯一一次接触，她去抽一本《海边的卡夫卡》，他也去抽，手指碰着手指，是他先缩回去的，他笑露出一排整齐的白牙，说，得，我让给美女吧。话有些轻佻了，柳如眉不答他的话，面无表情地把书拿走。

叶之文给她送来银手镯，还有一枝白玉兰。

这是我偷来的，他把花递给她，直言不讳地说。你敢不敢要？他微倾了头问她，眼睛里，跳动着阳光的影子。柳如眉本来僵硬着的脸，被他逗笑了，她接过那枝白玉兰，心里泛起些许温暖的浪花。

叶之文“捡”到的那只银手镯，根本不是柳如眉丢失的那只，虽然上面也雕刻着两朵梅花，虽然下面也挂着一个心形的坠子。却分明是仿做的，两朵梅花与她先前镯子上的梅花，是不一样的。且镯子也太新了，显然没有佩戴过。柳如眉在接过银手镯的刹那，就清楚着。但她还是接过了叶之文递过来的镯子，说了声谢谢。

因了这只银手镯，他们三天两头见起面来，先是柳如眉为答谢叶之文“捡”到手镯，请叶之文喝茶。叶之文跟着回请她。他们慢慢变得熟络起来，亲密起来，一起吃饭，一起看电影，一起逛公园。在别人眼里，很有些恋爱的样子了。

或许是跟母亲一起生活久了，柳如眉对男人，天生有种戒备心理。然叶之文却慢慢打开了她的壁垒，让她不知不觉，沦陷在他的温暖里。她走路崴了脚，叶之文立马买来一双平跟鞋，让她换上。她肚子疼，叶之文不顾众目睽睽，背起她就往医务室冲。每次叶之文来她们宿舍找她，都会带许多零食过来，讨好地分给她宿舍里的女生们。搞得女生们一看见他，就扑上来抢他手里提的袋子。事后，她问他，为什么要这么做？他捏捏她的鼻子，说，小傻瓜，她们吃了我的嘴软，就会对你好些的。

她们果真地对她好起来，她回宿舍晚了，水瓶里的水，有人帮着打好了。她挂在外面晾着的衣服，有人帮着收回来了。她们看见她，主动微笑示好。有关她被有钱人包养的传闻，也渐渐地，散了，淡了。

叶之文的好，就这样，点点滴滴，渗进她的心里面。

宝马再没出现，是她不让它出现的。她要过另一种日子，而不是母亲给她的日子。她的日子里，只要有一个叶之文，就够了。

大四的时候，柳如眉和叶之文在校外租了房，同居了。

那是节后，大多数学生还沉在过年的喜庆里，没有回校。他们手牵着手，走过空旷的校园，去校外找房子。冬天的积雪，还没有完全消融，在草丛里，在屋角后，露出一圈一圈的白，像开着的小白花。空气中充满寒冷的味道。他们不时地抬头互相看一眼，心中的春天，却早已哗啦啦一路盛开过去。

房离学校不远，房东是个很和气的老太太，老太太看着他们微笑，说，你们两个，真般配啊。把他们领上楼。很袖珍的一室一厅，柳如眉只看一眼，就喜欢上了。他们当即租下。

他们去街上采买房间里所需物品，瞎七瞎八买了一大堆，像凡俗中的小夫妻般的，有过小日子的欢喜。

在一卖小饰物的柜台边，柳如眉惊喜地看到一只只密封的粉色小瓶子，瓶口系着艳艳的丝带。每只小瓶子里，装两条小鱼。塑料做的水草，安放在瓶底，小鱼便在水草间快乐地穿来穿去地游。柳如眉托一只小瓶子在掌，望向两条小鱼，问服务员，它们不需要喂食么？服务员笑答，不要。

那它们会饿死么？柳如眉担心地问。

不会的，它们在里面，能活好长时间呢。

那么，我要，柳如眉把头转向叶之文。叶之文轻轻拍拍她的脑袋，说，知道，知道，我已买下了。

柳如眉心里的幸福，一下子便涨得满满的。

她给两条小鱼，分别取了两个名字，一个叫阿猫，一个叫阿狗。叶之文问，怎么取这么怪的名字？那个时候，他和她，头紧紧挨在一起，观看瓶子里欢欢游着的小鱼。

她说，我喜欢。他失笑地说，鱼看我们，一定也像鱼吧？

她“嗯”了声，更紧地偎牢他。她想起乡下外婆家，一只花猫，和一条黑狗，总是形影不离地待在一起玩。玩累了，它们就相偎到屋檐下，蜷在一起睡觉。望上去安稳极了。她毫不怀疑，外婆家的小猫和小狗是相爱着的。她需要的不多，她需要的，就是那样的安稳。

毕业前夕，柳如眉瓶子里养着的两条小鱼，突然无声无息地死了。

柳如眉捧着那只玻璃瓶，很伤心，她觉得那是个不好的兆头。彼时，校园里兵荒马乱的，到处是执手相看泪眼的恋人，劳燕分飞成注定结局。

宝马来过一次，给柳如眉安排工作的，离高云鹤的城远远的。柳如眉知道高云鹤的意思，她觉得他很小人，她根本没有要打扰他的想法。

叶之文的家人，却执意要叶之文回家去。到此时，柳如眉方才知道，叶之文原是世家子弟，他的父母，有足够的关系，为他铺出一路锦华。

柳如眉说，分手吧。叶之文急，分什么分！我们已是一体的了。偏偏的，这时候，柳如眉怀孕了。她呕吐得厉害，什么食物也吃不下，早上喝的一杯白开水，到午时，全呕出来了。

叶之文慌张得不知怎么办才好，继而又欢喜得要命，他抱紧柳如眉，热气呵在她耳边，如眉，我们结婚吧。

这话柳如眉是巴望听到的。可是，你家里会同意吗，我这样一个来历不明的女人？柳如眉先泄了气。叶之文宽慰她，放心，我家里就我一根独苗，什么都听我的。

叶之文给家里去了电话，详细说了他和柳如眉相恋的经过。他母亲在电话那头气得要命，一个劲说，荒唐！荒唐！

现在说这些有什么用呢？关键是要见见那个女孩子，若是还行，就依了他们吧。叶之文的父亲倒是开明得很，在一旁劝说他母亲。

高云鹤意外出现了。

柳如眉如遭雷击，怎么会呢，高云鹤居然是叶之文的亲舅舅。

没人知道他们之间的秘密。叶之文的母亲，在见到柳如眉后，很满意。她拉起柳如眉的手，问这问那，关心着她肚子里的孩子。看到柳如眉腕上的银镯，她立即褪下自己腕上的玉镯，给柳如眉戴上，说，戴这个辟邪。叶之文在一旁看得心花怒放，把脸凑到柳如眉跟前，笑着说，我妈人好吧？我都担心她以后光宝贝你，不宝贝我了。

柳如眉尴尬地笑，瞥见高云鹤变了脸色。菜开始上桌，叶之文的母亲招呼大家吃饭，高云鹤突然说，他还有一个会要开，要先走了。走之前，他把叶之文的母亲叫到门廊上，两个人低声交谈了半天。

柳如眉的心，沉沉掉下去，万丈深渊。

柳如眉悄悄离开了。

她把那只银手镯，给叶之文留下。银手镯包在一张白纸里，纸上她写下一句话：尘缘相误，无计花间住。

叶之文在拆开纸包的当儿，银手镯“当”地掉到地上。那一声“当”，如小鸟的喙，尖利利的，在他心上，狠狠地啄了一下。

很多时候，我们无法把握命运，

但我们可以努力使自己活得丰盈、愉悦和灿烂。

生命的厚重，

原不在于长度，

而在于宽度。

我愿意和羊们一起，
被时光放牧。

| 第二辑 |

大风起兮叶纷飞

风起。他与她的血，消融在一起。一片血色的花，汹涌澎湃地摇曳着，映红了半边江。

风过林梢

赫奶奶走了。

这消息让我发了好一阵子的呆。我离开赫奶奶所在的那个小镇，十多年了吧。十年的时光，足以让一个人老去。

我认识赫奶奶的时候，她不过五六十岁。又黑又细的眉毛，弯弯的，像用墨线弹过。配了一对黑珍珠似的眼，望向人的时候，水波潋滟着，孩子般的清澈。她个头中等，身材是恰到好处的丰满。走起路来，像踩着一段舒缓有致的曲子，不疾不徐，有着极美的韵致。想她年轻的时候，一定是个美人。

果真是。

年轻时，她是地方文工团里最红的角儿，舞台上的光芒，盖过天上最亮的星。十八九岁，她甩着粉红的绸帕子唱：

风过林梢呀风过林梢，在哪棵树的心底里，留下痕印。

我倚门张望呀张望着，郎的身影，何时再经过我门前？

——嗓音清脆甜润，风吹小铃铛般的。露天舞台，一盏汽油灯悬着，照着她唇红齿白一张粉嫩的脸，她像开得满满的一枝芍药花。台下人山人海，脚踩着脚，有时还争吵着要动手，都为要挤到台前去看她。

赫奶奶兴致好的时候，会跟人说一点儿当年事，断断续续的。她嘴角含笑，慢条斯理轻声讲着，讲着讲着，突然顿住，说，不提了，不提了，这些陈年烂谷子，提起要让人笑话的。彼时，赫奶奶在一家单位食堂烧饭。我刚出大学校门不久，分到那个小镇工作，孤身一人，一日三餐，都在那家单位代伙。见面[illegible]多了，也就熟稔了。她总是很尊敬地称我丁老师。我脸嫩着，实[illegible]意思让一个年长者这么叫我，就悄悄跟她商量，赫奶奶，还是叫[illegible]字吧，可好？她却看着我，极认真地说，那哪能呢，不能坏了规矩，你是老师，就是老师。

也认识了她的老伴。大家有时叫他赫爹，多数时候却直呼他，赫老头。

第一次见到赫爹，我很替赫奶奶惋惜，她怎么嫁了这么一个男人！

赫爹长得丑，真丑。瘦弱，矮小，局促狭窄的脸上，布满麻子。偏偏眼睛又小，让你实在分不清，他看你的时候，是睁着眼睛呢，还是闭着眼睛呢。

赫奶奶洞悉我的心思，她瞟一眼在忙碌的赫爹，很平静地解释道，别看我家老头子长得丑，人可好着呢，是这个世上少有的好人。

每天清晨，赫爹必早早来到单位，替赫奶奶生好烧饭的炉子，烧好单位一天要用的开水，熬好粥。并把单位门前的场地，打扫得干干净净。人若问，赫老头，你家赫奶奶呢？他必宠溺地笑，说，她要睡觉的，我让她多睡一会儿。

赫爹的“早市”忙活妥当了，赫奶奶才梳洗一新地姗姗而来。碗筷摆上桌，食堂里，也就陆陆续续坐着吃早饭的人了。赫奶奶也坐在其中，细嚼慢咽地吃早饭。赫爹却仍在忙着，为中午的饭菜做准备，一边等着我们吃好了，他好刷锅洗碗。大家若叫，赫老头，你也过来一起吃早饭啊。他会受宠若惊地笑，连连摆手，不了，不了，你们吃吧，我一会儿回家去吃。

回家吃什么呢？是茶泡饭就咸菜。他一天三顿，从不讲究。但对赫奶奶，却像供着一尊佛似的，零食给预备着，饼干、糖果、瓜子，和应季的水果，从不间断。单位给赫奶奶配了一间休息室，我有时过去玩，赫奶奶会搬出一桌的零食来，招待我。全是我家老头子买的，她说。

他们的家住在小镇附近，有农田好几亩，都是赫爹种着。赫爹专辟了地，种赫奶奶喜欢吃的瓜果菜蔬。遇到时新的菜蔬，也给单位食堂免费送一些，蚕豆上市了送蚕豆，番茄上市了送番茄。大家吃着鲜活的菜蔬，不免对赫爹说些感谢的话。赫爹就变得异常慌乱，连连摆手，不谢，不谢，自己种的，不值钱的。赫奶奶不无得意地对人说，我家老头子种田可是一把好手，长的蔬菜啊庄稼啊，都比邻居家的要好。

姚爹突然出现了。姚爹长相斯文，衣着整洁，皮肤白皙，身板儿笔直笔直[illegible]乍一见，像浸润在中草药中多年的老中医，仙风仙骨的。

起初我以为他是赫奶奶[illegible]亲戚，想赫奶奶那样标致的人，有这样的亲戚，也是不足为怪的[illegible]三天两头会见着他。他来，大家都很客气地叫他姚爹，很熟悉的样子[illegible]在屋檐下，帮赫奶奶择菜，一边跟赫奶奶说着话，轻声慢语的。若是碰上赫爹来，彼此都会很热络地打招呼，一团和气。

也就听人隐约提起，说他是赫奶奶年轻时的相好。

曾同在一个文工团待着，赫奶奶是台柱子，他是管乐器的，拉得一手好二胡。还兼着写剧本、作曲和排戏，是有名的才子。他写一折《风过林梢》的戏，是歌唱婚姻自由的。那时刚解放，宣扬男女平等，恋爱自己做主。这出戏，很合时宜。赫奶奶是主演，很快引起轰动，一天一场地演，有时还要加演。

两个年轻人日日见着，生了情合了意。也未曾有过承诺，未曾有过誓言，但就是很愿意在一起。有时，他们头挨头地，研究台词唱腔。有时，也没什么事，只偶尔说上一两句无关紧要的话，彼此看着，笑笑，也是好的。看见他们的人，都觉得他们很般配，私下里想着，这两个人要是能够结婚，真像云朵配上云朵，花儿配上花儿呢！

赫奶奶的父母，却突然来到文工团，强行把赫奶奶带回家。他们早已把她暗许了姓赫的一户人家，是早年受过赫家恩惠的。一贫如洗的岁月里，他们夫妇领着幼儿逃荒，差点饿死在荒郊野外，是赫家的一升荞麦，救了他们全家性命。赫家当时有子女六个，最小的赫爹，三四岁了，丑丑的一个小孩，拖着两行鼻涕望着他们。赫奶奶的母亲刚好有孕在身，就指着腹中胎儿，对赫家说，他日，若生了姑娘，就给你们家这个老幺做媳妇儿。

赫奶奶从小也是耳闻过的，只不当真。但她的父母却认了真，耳里听到一些风言风语，着了急，就商量着让赫家来带人。赫奶奶哭过，闹过，绝食过，但她母亲的性子比她更强，一把菜刀架在自己的脖子上，对赫奶奶说，姑娘，你这条命，也是赫家给的，你要是让我们做背信弃义的事，我就立刻死在你跟前。

赫奶奶哭哭啼啼地嫁了。赫爹像捡到珍宝似的，小心轻放着。日子久了，赫奶奶委屈的心，渐渐平复。

姚爹在赫奶奶嫁人后，颓废了好长一段时间，他二胡不拉了，剧本不写了，曲子不编了。一年后，他也离开了文工团，到一所偏远的乡村小学，做了名音乐老师。

他与赫奶奶再次相逢，是他被批斗得最为惨烈的时候。因有个舅舅在海外，他成了走资派。又因他是个搞音乐的，说他宣扬靡靡之音，罪名更大。他天天挨批，头发被剃光了，肋骨被打断了，躺在黑屋子里，一心求死。赫奶奶来了，带着她做的糯米点心，那是他爱吃的。见了她，他仿佛在寒冬里，望见了春天的一抹柳枝绿。

他没有再寻死，咬着牙撑一撑，那段岁月，也就过去了。春和景明时，他搬到了赫奶奶所在的这个镇子，与赫奶奶一家，往来频繁。赫奶奶的孩子，都尊称他，姚叔。

却一直未曾婚娶。赫奶奶热心地帮他穿针引线过，他也对一个离异的女同事有过好感，两人相处过一段日子，后来却不了了之。从此，他再不提婚姻之事。他种花养草，写写曲子，拉拉二胡，闲时就跑过来看看赫奶奶，青天白日，光明磊落。小镇人起初对他们还有闲言，但他们的坦然，倒容不得别人再说什么了。大家暗地里都说赫奶奶有福气，两个男人都对她这么死心塌地。

我离开小镇的那年冬天，赫爹突发脑溢血而亡。大家都心照不宣地想，姚爹终于守得云开月明时，这下子，赫奶奶肯定要和他在一起了。赫奶奶的儿孙们，也都有这个意思，极力撮合他们。

赫奶奶却摇头，坚决地说不，她说她不能对不起老头子，他做了一辈子老实人，对她好了一辈子。

赫爹走后，赫奶奶辞去了食堂烧饭的差事，一下子老了许多，老是丢东忘西，记不住事情。姚爹天天去陪她，买了零食带过去，饼干、糖果、瓜子，和应季的水果。赫奶奶吃着零食，吃着吃着，会错把姚爹喊成赫爹。

赫奶奶的葬礼上，姚爹拉了当年的曲子《风过林梢》。这是赫奶奶临终时要求的。姚爹拉着拉着，一滴泪，很亮的，滑落在二胡的弦上。

白日光

那个时候，我是寂寞的吧，四五岁的年纪，身边没一个同龄的玩伴。

午后的村庄，天上飘着几朵慵懒的云。路边草丛中，野花朵黄一朵白一朵地开着。鸡和狗们，漫不经心地走在土路上。风轻轻吹过一片绿的田野。绿的田野上，遥遥地，移动着一些黑的点子白的点子，那是在地里劳作的大人们。我绕着村庄转一圈，实在没事可干，就又转到池塘边的瞎奶奶家了。

全村只瞎奶奶家门前有口池塘。我知道，那里面有鱼有虾，还长莲和菱。七八月莲开，一塘的红粉乱溅，隔得老远就能望得见。九十月菱角成熟，有人路过，用锄头一蓬一蓬地够上岸来，边摘边吃。而到了腊月脚下，塘边围满了人，人们脸上蒸腾着一团喜气，他们到塘子里取鱼取虾。白花花的鱼，在岸上泥地里跳，闪耀着碎银一样的光芒。

但我从来不敢跑近那池塘，村子里的其他孩子也都不敢。因为大人们说，塘子里有老鬼，专门吃小孩。瞎奶奶也这么说，她每次“见”到我，都要再三叮嘱我，不要到塘子里去玩水啊，那里面有老鬼，闻见小孩子的肉香，就要吃的。我谨记着，我自然是怕老鬼吃我的，我更想得到她的奖励。只要我答没去玩水，瞎奶奶准会奖励我一块薄荷糖。那个年代，一块简朴的薄荷糖，对一个小孩子来说，也是无上的向往和甜。

我小心地绕过那池塘。池塘边的泡桐树上，开了一树一树紫色的花，像倒挂着无数把紫色的小伞。花喜鹊站在上面蹦跳，抖落了一瓣一瓣的花，树下面，便落一层浅紫，细细碎碎的。我很想过去捡一串花来玩，但想到瞎奶奶的薄荷糖，便打消了这个念头。我边走边痴痴看，就到了瞎奶奶家门口了。说来也真是奇怪，瞎奶奶的眼睛虽看不见了，但每次我来，她准知道。那会儿，她抬起头，混浊的没有一丝光亮的眼睛，对着我的方向问，是志煜家的二丫头梅吧？

我答应一声，叫，瞎奶奶。她欢喜地应，哎。放下针线活，伸手招我过去，摸我的脸，问，梅，有没有去塘子里玩水？我答，没。瞎奶奶高兴了，夸我，梅真乖。记住，千万不要去塘子里玩水啊，塘子里有老鬼，专门吃小孩子的，瞎奶奶说。我答，唔，我记住了。瞎奶奶便到她怀里摸索，抖抖颤颤一阵后，方掏出一块方格子手帕，左一层右一层地揭开，我看到里面躺着的薄荷糖。来，给梅吃，梅不要去塘子里玩水啊，瞎奶奶不放心地关照。糖有些黏糊糊的，乳色的小蛾子似的，我一口含到嘴里，直把小小的心都浸甜了。我含糊着应，哦。

糖吃完，瞎奶奶让我帮她穿针线。这活儿我乐意干，我的眼睛亮着呢，只一下，就把线穿过针孔了。瞎奶奶接过针线去，“望”着我，慈祥地笑，瘦小的脸，像一枚皱褶的核桃。她突然落花般地太息一声，若是我的锁儿还在，他也该成婚了，养的孩子，也该你这般大了。这些话我可听不懂，我定定地看着她，她脸上每一道皱纹里，仿佛都有粼粼的波在荡，竟是说不出的悲伤。

她这么对着我“望”一会儿，复低下头去，一针一线纳她的鞋底，坐在一圈白日光里。时光静极了，梧桐树的影子在矮墙上晃，连同那些紫色的花的影子。矮墙头上，晒着她做好的布鞋，一双双，黑面子，白底子，那么大。我看着瞎奶奶的小脚，有些疑惑地问，瞎奶奶，这是给谁做的鞋啊？瞎奶奶答，是给锁儿他爹做的啊。锁儿，那是谁呢？锁儿他爹又是谁？我怎么从没见过。我怔一怔，突然从池塘边的泡桐树上，传来喜鹊的叫声，喳喳，喳喳，高亢的一两声，打破一个天地的静。瞎奶奶停了针线活，侧耳听，脸上慢慢浮上笑来，说，喜鹊叫，客人到，家里要来客喽。我不信，喜鹊每天都在叫，我却从来没有见过她家来客人。瞎奶奶却说，谁说没有？梅就是我家的客人啊。

我把她说的话告诉祖母，祖母唉地叹一口气，瞎奶奶是个可怜的人哪。

她有过一个完整的家，男人壮实，儿子可爱，一家人在一起，只想把凡俗的日子安稳地过下来。然战乱与饥荒来袭，寻常的日子竟过不下去了，家里渐渐揭不开锅。男人跟她商量，要置副货郎担，去外讨生活，等换得铜板来，给她和儿子好日子过。好歹要保住我们李家的这个根啊！男人看一眼扯着她的衣角，饿得面黄肌瘦的儿子说。她点点头，开始没日没夜地给男人赶做布鞋。一共做了四双，她想着，春天一双，夏天一双，秋天一双，冬天一双，等四双鞋都磨破了，男人也该回了。为这，她把自己的嫁衣都给拆了，一块块布，纳到了男人的脚底下。

男人揣上她做的布鞋，上路了。走前，男人向她保证，少则半年，多则一年，他一定会回来。然而，春去春又回，男人却没有回。他们唯一的儿子锁儿，在又一年的七月天，掉进家门口的池塘里淹死了，死时，手里紧紧攥着一枝红莲。她懊恼得肝肠寸断，她怎么就不知道塘子里好看的红莲会吃人呢？她怎么就没留意到儿子会被红莲牵着，一步一步走下水里去？

彼时，她还年轻着，容貌也好，完全可以再嫁个壮实的庄户人，倚靠着那个人，求个今生安稳。也真的有几个壮实的庄户人看上她，许她好日子，要娶她过门。她却不，她说对不起男人，她把他李家的根弄没了，她要等他回。

一日一日，一年一年，她为男人做着布鞋，从青丝，到白头。漫长的等待，加上内心悔恨的煎熬，她不断地流泪，眼睛渐渐不行了，最终导致全看不见了。

我念小学后，极少再去瞎奶奶家。偶尔路过，还见她坐在矮墙下，坐在一圈白日光里，永远的那样的姿态：低着头，一针一线地纳着鞋底。她的白发上，落着白日光的影子，白淹没在白里面，那么分明，又是模糊的。看过去，她竟像是裹在一团雾里，不很真切。池塘边的泡桐树上，花喜鹊还站在上面喳喳喳。远处的田野里，传来人们劳作的号子声，嗨哟，嗨嗨哟——太平盛世，热火朝天。她锁儿的爹，始终没回。

我小学毕业那年五月，一个中年人寻寻问问，一路摸到我们村庄。他向村人们打听，崔曼丽还活着吗？她的家在哪里？村人们一头雾水。但不一会儿，有人醒悟过来，说，怕是瞎奶奶吧。上了年纪的人恍然大悟，回忆，瞎奶奶好像是姓崔的。

一村人跟着去看热闹。中年人才提到李怀远，瞎奶奶就浑身颤抖不止，混浊的眼里，缓缓滚下两行泪，她哆嗦着嘴唇问，怀远在哪里？我对不起他，我把他李家的根弄丢了。中年人一把抱住了她，眼含热泪地叫，大妈，我可找到你了！

当年，她的男人李怀远，挑着货郎担，一路南下。很快赚得一些铜板，以为三两个月就能回的，却在半路上不幸染上风寒，一病不起。一对老夫妇救了他。老夫妇膝下只有一个姑娘，正当青春，对他照应十分细致，端饭端水伺候月余，他的身体才得以慢慢好转。为了报恩，他留了下来，娶了那姑娘，开始了另一番生活。他对老家的女人一直心怀愧疚，她做的布鞋，有两双他没穿完，他珍宝一样收藏着，任何人动不得。逢年过节，他都要拿出来看看。当他病重，得知自己将不久于人世，他把儿子叫到了跟前，嘱咐儿子，无论如何，一定要找到她。

听的人唏嘘不已，瞎奶奶却只是笑着，她使劲地眨着一双空洞的眼，对着眼前的中年人“看”啊“看”。你真的是怀远的儿子？她问。得到中年人肯定的答复，她喜不自禁，颤抖着伸出手来，一遍一遍摸中年人的脸，笑说一声，他还有个根在，好！笑着笑着，眼睛就闭上了，整个人软塌塌倒下去，没了气息。

那年七月，瞎奶奶家门前的池塘里，一塘的红莲，如期盛开，开得红粉乱溅，一如往年。这时，我已知道，这世上根本没有老鬼，塘子里自然也没有。但我，还是一次也没走近过。等到我念初中的时候，瞎奶奶的茅草房被拆除掉，门口的池塘也被填了，朵朵红莲，被深埋到地底下。那里，整成了庄稼地，上面有时长玉米，有时长棉花，白日光罩着，无比的葱郁。

老裁缝

老裁缝是上海人，下放到我们苏北乡下来时，不过四十出头的年纪。我没亲眼见到老裁缝从上海来，我有记忆的时候，老裁缝已在村子里住很久了。久得像我每天爬过的木头桥。木头桥搭在一条小河上面，东西流向的小河，把一个村庄，分成了河北与河南。

老裁缝的家，住在河北，我得爬过小桥去。他的家门口，总是扫得很干净，地上连一片草叶儿也没有。屋檐下，放一口废弃的大缸，缸里面，种着太阳花。一年四季，那些花仿佛都在开着，红红黄黄白白的，满满一大缸的颜色。这在上个世纪七十年代的乡下，很特别了。这种特别，在我们小孩眼里看来，很神秘。

我们常聚在他的家门口跳格子（一种孩子玩的游戏），不时探头探脑往他屋内瞧。瞧见的景，永远是那样的：他系着蓝布围裙，脖子上晾根皮尺，坐在矮凳上，低头在缝衣裳。身影很清瘦。他旁边的案板上，放着剪刀，粉饼，直尺，裁剪好的布料，零碎的布头。阳光照着檐下的大缸，一缸的颜色，满得要流溢出来。时光好像被老裁缝的针线，缝住了似的，温柔地静止着。老裁缝偶尔从那静止里，抬了头看看我们，目光缥缈。我们“咿呀”一声惊叫，小鸡样的，快速地散开去。

听大人们说过他的故事，原本有妻有儿的，却突然犯了事，坐了两年牢。妻子带着儿子，重嫁人了。他从牢里出来后，家回不去了，被遣送到这苏北乡下来。

我们怕他，怕得没来由的。我们不敢踏进他的屋子一步。但也有例外，一是大人领我们去裁衣。二是大人吩咐我们送东西给他。

腊月脚下，村人们得了空闲，各家的大人，找了零碎的票子，给孩子们扯上几尺棉布，做过年的新衣裳。老裁缝的小屋里，终日便挤满了人。大家热热闹闹地闲唠着，老裁缝静静听，并不插话。他不紧不慢地帮我们量尺寸，手指凉凉地滑过我们的脖颈。很异样的感觉。

有人跟他开玩笑，学了他的口吻，问，阿拉要做媒啊？他淡淡地回，阿拉不要。低了头，拿了粉饼在布料上做记号，嚓嚓，嚓嚓，布料上现出一道道粉色的线。空气中，弥漫着棉布的味道。

一些天后，衣裳做出来了。大人们捧手上感叹，到底是裁缝做的，就是好。他们所说的好，是指他做工的精致，哪怕是小孩的衣，连一个扣眼，他也绝不马虎着做。经他的手做出来的衣，有款有型，即使水洗过，也不变形。

夏秋季节，乡下瓜果蔬菜多。草垛上趴着大南瓜。矮树枝上，缠着一串一串紫扁豆。茅屋后，挂满丝瓜。大人们随手摘一只南瓜，扯一把扁豆，再摘几根丝瓜，放到篮子里，着我们给老裁缝送去。老裁缝接过东西，必往我们的空篮子里，放上几颗水果糖。一边伸手摸了我们的头，嘱咐，回去替我谢谢你们家大人，他们太客气了。一口的上海腔，很惹听。

老裁缝后来收了个女徒弟，一患小儿麻痹症的姑娘，外村人。这事很是让村人们喧哗了一阵子，因为老裁缝向来不收徒弟的，何况是个女徒弟，何况还拄着拐杖。但那姑娘很固执，天天守在老裁缝家门口。老裁缝破了规矩，答应了。

从此，我们看到的景，变了，老裁缝还系着蓝布围裙，脖子上晾根皮尺，但他的身边，多出一团亮丽，如檐下缸里的太阳花。那朵花，眉眼盈盈，唤他师傅，和他相挨着，穿针引线。他们偶尔低低说着什么，发出笑声来，他的笑声，她的笑声。一团的温馨。我们都有些惊讶，原来，老裁缝是会笑的。

上海来人找老裁缝，是秋末的事。那个时候，天空高远得一望无际。棉田里，尚有些迟开的棉花，零零碎碎地开着，一朵一朵的白，点缀在一片褐色之上。来人很年轻，他穿过一片棉田，很客气地询问老裁缝的家，声音极像老裁缝。村人们望着他的背影，很有预见地说，这肯定是老裁缝的儿子，老裁缝怕是要回上海了。

老裁缝却没走。只是比往常更沉默了，他依旧坐在矮凳上缝衣裳，系着蓝布围裙，脖子上晾根皮尺。他的女徒弟，守在一边，也沉默地干着活儿。时光宁静，却在那宁静里，让人望出忧愁来，总感觉着有什么事要发生。

到底出事了，问题出在他的女徒弟身上。姑娘回家，对父母说出一句石破天惊的话来，她爱老裁缝，她要嫁给老裁缝。结果，老裁缝的家，被愤怒的姑娘家人，砸了个稀巴烂。姑娘很快被嫁了出去，听说出嫁时，哭声震天。

老裁缝在村里待不下去了，他于一个清晨，离开了村子。早起的人，看见他一个人沿着棉田小路，向着远处，越走越远。有人说他回了上海。有人说他去了南方。也有人说他跳了江。

当一个冬天过去，天开始晴暖了，土地开始苏醒了，村人们开始忙春耕。老裁缝住过的地方，一对老夫妻搬了进去。屋檐下的大缸里，不再长太阳花，而是长了一缸的葱，在春风里，很有风情地绿着。

花样年华

这个故事，是我七十岁的老父亲讲给我听的。

故事的主人公，是我父亲小学时的同学。他们多年不遇了，某天，这个老同学突然找了来。两个须发皆白的老人，在秋日的黄昏下，执手相看，无语凝噎。岁月的风，呼啦啦吹过去，就是一辈子。

他来，是要跟我父亲讲一个天大的秘密。他怀揣着这个秘密，日夜煎熬。这个秘密，不可以对妻讲，不可以对儿女讲，不可以对亲戚朋友讲。唯一能告诉的，只有我父亲这个老同学了。

我父亲搬出家里唯一一瓶陈年老酒，着我母亲炒了一碟花生米和一碟鸡蛋，他们就着黄昏的影子，一杯一杯饮。夕照的金粉，洒了一桌。我父亲的老同学，缓缓开始了他的叙述。

四十多年前，他还是个身材挺拔的年轻人，额角光滑，眼神熠熠。那时，他在一所中学任代课教师，课上得极有特色，深得学生们热爱。

亦早早结了婚，奉的是父母之命，媒妁之言。女人是邻村的，大字不识一个，性格木讷，但长得腰宽臀肥。父母极中意，认为这样的媳妇干活是一把好手，会生孩子，能旺夫。他是孝子，父母满意，他便满意。

婚后，他与女人交流不多，平常吃住在学校，只周末才回家。回家了，也多半无话。他忙他的，备课，改作业。女人忙女人的，家里鸡鸭猪羊一大堆，田里的庄稼活也多。女人是能干的，把家里家外收拾得妥妥帖帖。他对这样的日子，没有什么可嫌弃的，直到他陷入到一个女学生的爱情中。

女学生是别班的，十九岁，个子高挑，性格活泼，能歌善舞。学校元旦文艺演出，他和她分别是男女主持。她伶俐的口才，洒脱的台风，让他印象深刻。他翩翩的风采，磁性的嗓音，让她着迷。那之后，他们渐渐走近了。说不清是什么感觉，见到她，他是欢喜的，仿佛暮色苍苍之中，一轮明月突然升起，把心头照得华美透亮。她更是欢喜的，看见他，一个世界都是金光闪闪的。她悄悄给他织围巾和手套，从家里做了雪菜烧小鱼带给他。课余时间，他们一起畅谈古今中外名著，一起弹琴唱歌。花样年华，周遭的每一寸空气，都是香甜的。

他们爱了。在女学生毕业的时候，他犹豫再三，回去跟女人提出离婚。女人低头切猪草，静静听，一句话也没说。

却在他回学校之后，用一根绳子结果了自己的性命。

晴天里一声霹雷，就这样轰隆隆炸下来，他的生活，从此无法复原。女学生悄然远走，像一粒尘，掉进沙砾中，转瞬间消失得无影无踪。他背负着“陈世美”的骂名，默默独自生活了十年后，才又重新娶妻。妻是外乡人，忠厚老实，不介意他的过往。就冲着这一点，他对妻是终身感激的。

很快，他有了儿子。隔两年，又有了女儿。儿子渐渐大了。女儿渐渐大了。小家屋檐下，他勤勤恳恳生活着。年轻时那场痛彻心扉的爱情，早已模糊成一团烟雾。偶尔飘过来，他会怔上一怔，像想别人的事。那个女学生的面容，他亦记不起了。

他做梦也没想过他们会重逢。当年，她与他分手时，已怀上他的孩子，她没告诉他。一个人远走他乡，生下儿子。因心里念着他，她一直没结婚，历尽千辛万苦，独自抚养大了儿子。儿子很争气，一路读书读到博士，漂洋过海去了美国创业，自己开一家公司，生意做得如火如荼。

她把一切对儿子和盘托出，携了儿子来寻他。老街上，竟与在购物的他不期而遇。隔着人群，她一眼认出他，走到他跟前，颤抖着问，你认得我吗？他傻愣愣地看着眼前这个华贵的妇人，摇摇头。

她的泪，落下来，纷乱如雨。她只说一句，你还记得当年的那个女学生吗？再说不出第二句话来。他只听到哪里“啪啦”一声，记忆哗啦啦倾倒下来，瞬息间把他淹没。以为已遗忘掉的，却不料，轻轻一触，往昔便如杨絮纷飞，漫山遍野都是。

她说，等了一辈子，只求晚年能够在一起，哪怕不要名分，就砌一幢房，傍着他住，日日看见，便是心安。或者，他们一起去美国，和儿子在一起。他的心被铰成一块一块，他多想说，好，我不会再让你等了。却不能。他有妻在家，他不能丢下。

她怅然离去。离去后不久，美国的儿子来电，说她走了。来见他时，她已身患绝症。死前绝食，说生的无趣。却一再关照儿子，要每月记得给他寄钱用。

他躲到没人处，痛哭一场，曾经的花样年华，都当是一场梦。回家，妻端水上前，惊问，你的眼睛怎么红了？他答非所问，环顾左右，说，饭熟了吧？我们吃饭吧。

野菊花开满河两岸

琪米是在野菊花开满河两岸的时候，嫁到村庄来的。

却不像一般人家办喜事，鼓乐齐鸣，鞭炮轰天。琪米的婚礼，冷冷清清，除了窗户上贴着一幅大红的喜字外，别无办喜事的迹象。琪米没穿大红袄，新郎官孙大年也没笑嘻嘻地给村人们发喜糖，而是沉着脸，“啪”的一下，把门关上。

看热闹的人们，无趣地正要转身离去，却听到从新房里传出琪米的哭声，嘤嘤，嘤嘤，如深秋虫鸣，凄凄切切。紧接着，“乒乓”一声，是什么东西摔地上了，伴着孙大年的大吼声，住嘴！再号丧你就给我滚回去！

人们愣怔在那里，望着他们家大红喜字的窗户，不明白这大喜的日子里，怎么就摔盘子摔碗的？

天也就黑了，人们摇摇头，各回各的家，关起门来睡大觉。横贯村庄的一条河，这个时候也安静了，清波不泛，河两岸的野菊花们，黄黄白白，兀自渲染。白天可不是这样，白天这条河喧闹得如同集市，一村人的吃喝洗涮，都在这条河里。男人们在河里摸鱼摸虾摸螺蛳。女人们在河里淘米洗菜汰衣裳。孩子们在河边的野菊花丛中捉蚂蚱，采菊花，在头上东一朵西一朵乱插。每年夏天，河里都要淹死一两个贪水的小孩。即便如此，人们对这条河还是深爱着的，从来不在河里乱丢垃圾，河水便总是清涟涟的，望得见水草在里面招摇。人们的房都傍河而居，河南岸与河北岸，一条木桥连着。琪米嫁过来的孙大年家，就在河南岸住，低门矮户，屋后的槐树，遮天蔽地。

这日深夜，一切都安睡了，只剩下野菊花的香气，在村庄上空浮游，还有琪米嘤嘤的哭泣。那哭声如小蛇蜿蜒，凉凉地，爬上村庄的心头。人们被搅得彻夜难眠，打定了主意，等天明了一定要去问问孙大年，这究竟是咋回事。

次日一早，新娘子琪米，已伏在屋后的河边洗衣裳，黄菊花白菊花开满她身后。人们收住脚步，站在木桥上打量她，她头发乌黑，身段苗条，面皮白净，竟是少有的标致。人们在心里替她惋惜，这么一个漂亮姑娘，怎么就嫁给了不知好歹的孙大年？

人们是不大喜欢孙大年的。人长得跟瘦猴似的不说，又不正正经经干农活，成天搬弄一堆破蜂箱，说是去放蜂，也没见他赚大钱回来。一个人守着祖上留下的三间破屋，不事庄稼，常喝闷酒，像个二流子，门前的空地上，长满荒草。

琪米的到来，让一个破破败败的家，焕然一新。人们很快发现，孙大年家屋门前的草不见了，被一行行补上绿绿的青菜秧。屋子也变亮堂了，每隔几日，就见琪米拿块抹布，里里外外在擦洗。孙大年的破衣裳也整洁了，补丁上的针脚，整整齐齐。

这样一个勤劳贤惠的好媳妇，却三天两头遭孙大年的打。人们起初都同情琪米，跑过去相劝。传闻却在这时风传开来，说琪米在家做姑娘时，有个相好的，并被搞大了肚子，好面子的父母急了，赶紧托人相亲，这才把她嫁给了无父无母的孙大年。

众人上当受骗般地“啊”一声，看向琪米的眼神，就有了轻视和不屑，她再挨打，也没人上门去劝了。四五个月后，琪米果真诞下一个足月的男婴，人们窃窃私语。那几日，孙大年的脾气大得惊人，蜂箱也不碰了，成天黑着一张脸。他不许琪米给这个孩子喂奶，他要活活饿死这个小野种。琪米哭求，换来的是一顿拳打脚踢。孩子被饿得奄奄一息，最后，邻居老太太看不过去，找了一对无儿无女的夫妻来，抱走这个孩子。

几年后，琪米给孙大年生育了两个男孩，却没有因此改变她的处境，她也还是隔三岔五的，就被孙大年找了由头痛打。村庄偏僻，整日太平，琪米的存在，无疑给安静的村庄，增添了一些小浪花。村里的女人们在河边汰洗衣裳，一边隔河笑谈，哎呀，琪米又挨孙大年打了，这次是被剥光了衣裳打的。在野菊花丛中玩耍的孩子们，听到这里会怔一怔，眼前光影斑驳，野菊花们开得星星点点。风吹着他们的小脸蛋，像吹过嫩嫩的叶片儿，温软轻柔，哪里懂得人世间还有一种东西叫疼痛？他们撒开两腿，就往琪米家跑，跑去看热闹。看到的场景往往是这样的：孙大年手执鞭子，在一旁喘着粗气。琪米则在地上蜷缩成一团，哭声嘤嘤，白得晃眼的肌肤上，有崭新的鞭痕。

琪米也曾偷偷跑去看过几回被抱走的那个孩子。孩子已长到七八岁，大概听说过一些事情，看见她，朝她轻蔑地吐着唾沫。她哭着回来，被孙大年知道了，又挨一顿打。疮痍遍布的日子里，琪米就这样早早老了，乌黑的发，染上霜花。白净的脸上，有了深刻的皱纹。她遇到人总是微低了头，话少，语调轻轻的。

这么囫囵地过了一些年，孙大年得癌症死了，琪米的两个儿子业已长大，各自成了家。却因打小受父亲的影响，对琪米这个母亲，从没正眼瞧过。

琪米剩下了一个人。剩下一个人的琪米，给自己裁剪了一件大红袄，把自己收拾得很鲜艳。她去找当年相好的那一个，年轻时的那场情事，扎根在她心里，枝叶葱茏，从来没有凋零过。

他们相见了。男人仍单身着，却不是为等她，他已另有心上好。她落泪了，告诉他，他们有个儿子，早已长大成人。

男人震惊不已，提了礼物去见儿子。儿子爽快地认了他这个爹，却不认琪米这个娘。这么多年来，儿子一直记恨着琪米的“遗弃”。很快，男人搬来和儿子一起住，父子团聚。琪米还是一个人。

琪米穿着她的大红袄，在一个深夜里投了屋后的河。那会儿，一河两岸的野菊花，开得如火如荼，薄凉的香气，浮游在村庄上空。男人得知消息，慌忙赶过来，他跪在琪米的遗体前，大哭。当年那段情事，他也一直没有忘怀，只是他无法原谅她当年的“背叛”，她怎么就嫁给了别人。

男人亲自给琪米收了殓，送了葬。嘱咐儿子，等他归后，他要和她葬一起。

我愿投影在你的波心，

做一尾活泼的小鱼，

不许来世，只要今生。

一场花开，

就是一场生命的超越。

红木梳妆台

她与他相识，不知是哪一年哪一月的事了。仿佛生来就熟识，生来就是骨子里亲近的那一个人。她坐屋前做女红，他挑着泔水桶，走过院子里的一棵皂角树。五月了，皂角树上开满乳黄的小花儿，天地间，溢满淡淡的清香，有种明媚的好。她抬眉。他含笑，叫一声："小姐。"那个时候，她十四五岁的年纪罢。

也不过是小户人家的女儿，家里光景算不得好，她与寡母一起做女红度日。他亦是贫家少年，人却长得臂粗腰圆，很有虎相。他挨家挨户收泔水，卖给乡下人家养猪。收到她家门上，他总是尊称她一声小姐，彬彬有礼。

这样地，过了一天又一天。皂角花开过，又落了。落过，又开了。应该是又一年了罢，她还在屋前做女红，眉眼举止，盈盈又妩媚。是朵开放得正饱满的花。他亦是长大了，从皂角树下过，皂角树的花枝，都敲到他的头了。他远远看见她，挑泔水桶的脚步，会错乱得毫无步骤。却装作若无其事，依然彬彬有礼叫她一声："小姐。"她笑着点一下头，心跳如鼓。

某一日，他挑着泔水桶走，她倚门望，突然叫住他，她叫他："哎——"他立即止了脚步，回过身来，已是满身的惊喜。"小姐有事吗？"他小心地问。

她用手指缠绕着辫梢笑。她的辫子很长，漆黑油亮。那油亮的辫子，是他梦里的依托。他的脸无端地红了，却听到她轻声说："以后不要小姐小姐地叫我，我的名字叫翠英。"

他就是在那时，发现他头顶的一树皂角花，开得真好啊。

这便有了默契。再来，他远远地笑，她远远地迎。他起初翠英两字叫得不顺口，羞涩的小鸟似的，不肯挪出窝。后来，很顺溜了，他叫她，翠英。几乎是从胸腔里飞奔出来。多么青翠欲滴的两个字啊，仿佛满嘴含翠。他叫完，左右仓促地环顾一下，笑。她也笑。于是，空气都是甜蜜的了。

有人来向她提亲，是一富家子弟。他听说了，辗转一夜未眠。再来挑泔水，从皂角树下低头过，自始至终不肯抬头看她。她叫住他："哎——"他不回头，恢复到先前的彬彬有礼，低低问："小姐有事吗？"

她说："我没答应。"

这句话无头无尾，但他听懂了，只觉得热血一下子涌上来，心口口上就开了朵叫做幸福的花。他点点头，说："谢谢你翠英。"且说且走，一路健步如飞。他跑到一处无人的地方，站在那里，对着天空傻笑。

这夜，月色姣好，银装素裹。他在月下吹笛，笛声悠悠。她应声而出。两个人隔着轻浅的月色，对望。他说：“嫁给我吧。”她没有犹豫，答应：“好。但我，想要一张梳妆台。”这是她从小女孩起就有的梦。对门张太太家，有张梳妆台，紫檀木的，桌上有暗屉，拉开一个，可以放簪子。再拉开一个，可以放胭脂水粉。立在上头的镜子，锃亮。照着人影儿，水样地在里面晃。

他承诺：“好，我娶你时，一定给你一张漂亮的梳妆台。”

他去了南方苦钱。走前对她说：“等我三年，三年后，我带着漂亮的梳妆台回来娶你。”

三年不是飞花过，是更深漏长。这期间，媒人不断上门，统统被她回绝。寡母为此气得一病不起，她跪在母亲面前哀求：“妈，我有喜欢的人。”

三年倚门望，却没望回他的身影。院子里的皂角花开了落，落了开……不知又过去了几个三年，她水嫩的容颜，渐渐望得枯竭。

有消息辗转传来，他被抓去做壮丁。他死于战乱。她是那么的悔啊，悔不该问他要梳妆台，悔不该放手让他去南方。从此青灯孤影，她把自己没入无尽的思念与悔恨中。

又是几年轮转，她住的院落，被一家医院征去，那里，很快盖起一幢医院大楼。她搬离到几条街道外。伴了多年的皂角树，从此成了梦中影。如同他。

六十岁那年，她在巷口晒太阳，却听到一声轻唤："翠英。"她全身因这声唤而颤抖。这名字，从她母亲逝去后，就再没听到有人叫过她。她以为听错，侧耳再听，却是明明白白一声翠英。

那日的阳光花花的，她的人，亦是花花的，无数的光影摇移，那里看得真切？可是，握手上的手，是真的。灌进耳里的声音，是真的。缠绕着她的呼吸，是真的。他回来了，隔了四十多年，他回来了，带着承诺给她的梳妆台。

那年，他出门不久，就遇上抓壮丁的。他被抓去，战场上无数次鬼门关前来来回回，他嘴里叫的，都是她的名字，那个青翠欲滴的名字啊。他幸运地活下来，后来糊里糊涂被塞上一条船。等他头脑清醒过来，人已在台湾。

在台湾，他拼命做事，积攒了一些钱，成了不大不小的老板。身边的女子走马灯似的，都欲与他共结秦晋之好，他一概婉拒，梦里只有皂角花开。

等待的心，只能迂回，他先是移民美国。大陆还是乱，"文革"了，他断断回不得的。他挑了上好的红木，给她做梳妆台。每日里刨刨凿凿，好度时光。

她早已听得泪雨纷飞。她手抚着红木梳妆台，拉开一个暗屉，里面有银簪。再拉开一个暗屉，里面有胭脂水粉。是她多年前想要的样子啊。

她坐在梳妆台前，很认真地在脸上搽胭脂，搽得东一块西一块的。因为年轻时的过多穿针引线，还有，漫长日子里的泪水不断，她的眼睛，早瞎了。

“哎，好看吗？”她转头问立在身后的他。他一叠声说：“好看好看，这世上，没有哪个女人，比你更好看。”她开心地笑了。他悄悄转身，抹去脸上两行泪。外面的阳光，真是灿烂，像多年前的皂角花开。

棉花的花

纸糊的窗子上，泊着微茫的晨曦，早起的祖母，站在我们床头叫："起床啦，起床啦，趁着露凉去捉虫子。"

这是记忆里的七月天。

七月的夜露重，棉花的花，沾露即开。那时棉田多，很有些一望无际的。花便开得一望无际了。花红，花白，一朵朵，娇艳柔嫩，饱蘸露水，一往情深的样子。我是喜欢那些花的，常停在棉田边，痴看。但旁的人，却是视而不见的。他们在棉田里，埋头捉虫子。虫子是息在棉花的花里面的棉铃虫，有着带斑纹的翅膀，食棉花的花、茎、叶，害处大呢。这种虫子夜伏昼出，清晨的时候，它们多半还在酣睡中，敛了翅，伏在花中间，一动不动，一逮一个准。有点任人宰割。

我也去捉虫子。那时不过五六岁，人还没有一株棉花高，却好动。小姑姑和姐姐去捉虫子，很神气地捧着一只玻璃瓶。

我也要，于是也捧着一只玻璃瓶。

可是，我常忘了捉虫子，我喜欢待在棉田边，看那些盛开的花。空气中，满是露珠的味道，甜蜜清凉。花也有些甜蜜清凉的。后来太阳出来，棉花的花，一朵一朵合上，一夜的惊心动魄，华丽盛放，再不留痕迹。满田望去，只剩棉花叶子的绿，绿得密不透风。

捉虫子的人，陆续从棉田里走出来。人都被露水打湿，清新着，是水灵灵的人儿了。走在最后的，是一男一女，年轻的。男人叫红兵，女人叫小玲。

每天清早起来去捉虫子，我们以为很早了，却远远看见他们已在棉田中央，两人紧挨着。红兵白衬衫，小玲红衬衫，一白一红。是棉田里花开的颜色，鲜鲜活活跳跃着，很好看。

后来村子里风言，说红兵和小玲好上了。说的人脸上现出神秘的样子，说曾看到他们一起钻草堆。母亲就叹，小玲这丫头不要命了，怎么可以跟红兵好呢？

家寒的人家，却传说曾是富甲一方的大地主，有地千顷，佣人无数。在那个年代，自然要被批被斗。红兵的父亲不堪批斗之苦，上吊自杀。只剩一个母亲，整日低眉顺眼地做人。小玲的家境却要好得多，是响当当的贫下中农不说，还有个哥哥，在外做官。

小玲的家人，得知他们好上了，很震怒。把小玲吊起来打，饿饭，关黑房子……这都是我听来的。那时村子里的人，见面就是谈这事，小着声，生怕惊动了什么似的。这让这件事本身，带了灰暗的色彩。

再见到红兵和小玲，是在棉花地里。那时，七月还没到头呢，棉花的花，还是夜里开，白天合。晨曦初放的时候，我们还是早早地去捉棉铃虫。我还是喜欢看那些棉花的花，花红，花白，朵朵娇艳。那日，我正站在地中央，呆呆对着一株棉花看，就看到棉花旁的条沟上，坐着红兵和小玲，浓密的棉叶遮住他们，他们是两个隐蔽的人儿。他们肩偎着肩，整个世界很静。小玲突然看到我，很努力地冲我笑了笑。

刹那间，有种悲凉，袭上我小小的身子。我赶紧跑了。红的花，白的花，满天地无边无际地开着。

不久之后，棉花不再开花了，棉花结桃了。九月里，棉桃绽开，整个世界，成柔软的雪白的海洋。小玲出嫁了。

这是很匆匆的事情。男人是邻村的，老实，木讷，长相不好看。第一天来相亲，第二天就定下日子，一星期后就办了婚事。没有吹吹打打，一切都是悄没声息地。

据说小玲出嫁前哭闹得很厉害，还用玻璃瓶砸破自己的头。这也只是据说。她嫁出去之后，很少看见她了。大家起初还议论着，说她命不好。渐渐的，淡了。很快，雪白的棉花，被拾上田岸。很快，地里的草也枯了，天空渐渐显出灰白，高不可攀的样子。冬天来了。

那是1977年的冬天，好像特别特别冷，冰凌在屋檐下挂有几尺长，太阳出来了也不融化。这个时候，小玲突然回村了，臂弯处，抱着一个用红毛毯裹着的婴儿，是个女孩。女孩的脸型长得像红兵。特别那小嘴，简直一个模子刻出来的，村人们背地里都这样说。

红兵自小玲回村来，就一直窝在自家的屋子里，把一些有用没用的农具找出来，修理。一屋的乒乒乓乓。

这以后，几成规律，只要小玲一回村，红兵的屋子里，准会传出乒乒乓乓的声音，经久持续。他们几乎从未碰过面。

却还是有意外。那时地里的棉花又开花了，夜里开，白天合。小玲不知怎的一人回了村，在村口拐角处，碰到红兵。他们面对面站着，站了很久，一句话也没说。后来一个往东，一个往西，各走各的了。村人们眼睁睁瞧见，他们就这样分开了，一句话也没有地分开了。

红兵后来一直未娶。前些日子我回老家，跟母亲聊天时，聊到红兵。我说他也老了罢？母亲说，可不是，背都驼了。我的眼前晃过那一望无际的棉花的花，露水很重的清晨，花红，花白，娇嫩得仿佛一个眼神也能融化了它们。母亲说，他还是一个人过哪，不过，小玲的大丫头认他做爹了，常过来看他，还给他织了一件红毛衣。

桃花芳菲时

正月十五闹花灯，年轻的三奶奶在街市上看花灯，相遇到英俊的三爹。电光火石般的，两颗年轻的心，爱了。不多久，三爹托了媒人上门。

三奶奶是三爹用大红花轿红盖头迎进门的，那时，满世界的桃花开得妖娆，三奶奶的婆婆——我们那未曾谋面过的老太，站在小院里，正仰望着一树桃花。帮佣的端着一盆莲子走过来，老太咧着嘴乐，说，好兆头，多子多孙。但三奶奶婚后，却无一子半嗣。

过年的时候，我们几个小孩子，被祖母一径领着，走上六七里的路，去给三奶奶拜年。这已是若干年后的事了。我们的老太，也早已作了古。祖母再三关照，看见三奶奶不要乱说乱动，要祝三奶奶健康长寿。

房间里的光线总是暗，有一股水烟味。黄铜的水烟台，立在床头柜上，形销骨瘦的样子。三奶奶盘腿坐在床上，倚着红绸缎的花被子。她是个瘦小的女人，脸隐在一圈淡淡的光里面，看不分清。她朝着我们说，好孩子，谢谢你们来看奶奶。然后递过红包来，那是给我们的压岁钱。我们敛了气地候着，祖母却客气地相挡，哪能要你的钱呢？

我们被祖母轰出房去，只留她们两个说话。我们乐得出去玩，门前有河，河上结冰，冰上散落着燃尽的爆竹屑。远远看去，像散落的花瓣。我们捡了泥块打冰飘。玩得肚子饿了，才想起已到饭时，回头去找祖母，只听得三奶奶幽幽说，我可是他大红花轿红盖头娶进门来的。后面是长长久久的静穆，有叹息声，落花似的。我们倚了门，呆一呆，那大红花轿红盖头的场面，该是何等的热闹？而三奶奶，定也是个水灵灵的人罢。

从没见过三爹，他的人远在上海。兵荒马乱年代，祖父的弟兄，都跑到上海去苦生活。三爹也去了，先是在上海轮船码头做苦力，后来拉黄包车，再后来，去戏园子做看门人。在那里，三爹遭逢到他生命里的一场艳遇。

爱上三爹的女人，是经常去戏园子看戏的。英俊的三爹，穿着镶白边的红礼服，站在戏园子门口迎客，惹得路过的女人，频频相望。那个女人，在数次相望后，再路过三爹身边，她把她外面穿着的大衣脱下，塞到三爹手上。给我拿着，她用不容置疑的口吻说。三爹愕然，她回眸一笑。如此三两次，便熟识了。

后来，这个女人，成了三爹在上海的太太。三爹托人捎口信给三奶奶，说，我对不起你，你另择好人家，再嫁吧。三奶奶大哭一场，却不肯离去，她把话捎去上海，我可是你大红花轿红盖头娶回家的。三爹听后，长叹一声，再无话。

家里有人去上海，回来说起三爹，多半摇头。三太太，家里人这样称三爹在上海的女人。三太太不是个善类啊，三爹在家作不了主的，大人们在一起谈论时，如是说。

三太太不喜欢这边的人过去，在小阁楼里摔盆子。三奶奶给三爹做的布鞋，也被三太太给退了回来，三太太说，侬自己穿好了。那个时候，三爹已和三太太生了两儿两女，儿女们都大了。三爹拉着去看他的家里人的手，背地里淌眼泪，说，见一回少一回哪。

也问起三奶奶，记忆里多半模糊。三爹说，她也老了吧？然后叹，我对不起她。一次，三爹瞒着三太太，塞了些钱给去看他的人，说，让她多买点吃的吧，告诉她，死了后，我一定葬在那边的。

回来的人，把三爹的话，说给三奶奶听，三奶奶抚被大恸，哭得撕心裂肺。大家都吓坏了，团团围住她，不知怎样相劝才好。三奶奶抽抽噎噎着停下来，却说，孩子们，我这是高兴哪。

三爹在八十六岁高龄上，突患一场大病，医治无效。弥留之际，家里人去看他，他问，她还好吧？再三恳求，他死了，一定要带着他的骨灰回去。平时冷面冷脸的三太太，也老了，这时仿佛看开许多，她知道，她守了一辈子的男人，只守住了他的身，却没守住他的心。她松口了，说，就依了他吧，想回去，就回去吧。

三爹的骨灰，被接回老家。三奶奶一早就梳洗打扮好了，稀疏的白发，抿得纹丝不乱。大红对襟袄穿着，竟是出嫁时穿的那件红衣裳。她不顾大家的劝阻，踩着碎步，跑了很远的路去迎。她抱着三爹的骨灰盒，多皱的脸上，慢慢洇上笑，笑成桃花瓣。她喃喃说，你这狠心的老头子，我可是你大红花轿红盖头娶进门来的，你却抛下我这么些年，今天，你终于回来啦。站旁边的人，无不泪落。

两天后，三奶奶去世了。她安静地死在床上，身上穿着那件红嫁衣，枕旁放着三爹的骨灰盒。她仪态端庄，面容安详。院子里，一院的桃花，开得正芳菲。

十八坡

冯老爷子躺倒得有些奇怪，白天好好的人，晚饭时，还就着乳豆腐喝了浅浅两小碗玉米粥。这是冯老爷子的偏好，跟着儿子宇强进城多年，宇强家大业大，香的辣的供应着他，品不尽，他独独喜欢喝玉米粥。

喝完玉米粥，冯老爷子窝到客厅的沙发上听越剧，每晚他都要听一会越剧才能入睡。老伴去世好几年了，他一个人，有些形只影单的。宇强倒是孝顺得很，舍得在他身上花钱，专门请了保姆伺候他。还花掉几十万，给他和老伴买了块豪华墓地。墓地漂亮得能住活人，傍山依水的，山绿水秀。老伴先去住下了。清明时，宇强用车载着他，绕了大半个城，到达老伴那儿。他有些忧伤地说，离得太远了。宇强笑着说，不远的，有车子嘛。又跟他开玩笑，以后等你儿子买了飞机开，会更快的。他不再说话，眼睛越过墓地，望向远方，远方山重水复。

客厅里，胭脂在咿咿呀呀地唱：

星转斗移过二更，扶病带羞伴孤灯，春兰嫂约定今晚鄂郎来，真叫我又惊又喜乱了方寸……虚掩柴门将他盼，风摇树影不见人。

孙子安浩过来看他，看到老爷子躺着的姿势很怪异，一只手向前半举着，眼睛大睁，一动不动。安浩叫，爷爷。他没反应。安浩急了，去摇他，他喉咙里咕噜了一声，然后长长叹了一口气。

他中风了。

中风后的冯老爷子，整天躺着不说话，眉头紧锁，仿佛有无限心事。宇强请了医生来看，医生摇摇头说，老人家年纪大了。宇强说，哪里大，老爷子才78岁的，我有钱让他长命百岁。医生笑了，医生给冯老爷子开了最贵的药，医生说，让他开心些，这才是战胜疾病最好的良药。

宇强就想不明白了，老爷子还有什么不称心的？吃什么穿什么，应有尽有。他还特地请了有经验的护理来照顾他，把他服侍得比当皇帝还舒服。

转眼一个月过去。这天，冯老爷子奇迹般地半坐了起来，他情绪很好地要求喝一碗玉米粥，并且示意给他放上一段越剧《胭脂》。在胭脂缠缠绵绵的唱腔里，冯老爷子把一碗玉米粥喝得精光。

宇强高兴坏了，宇强说，老爷子，你想吃啥，尽管吩咐，你就是想吃龙王肉，我也想办法给你弄来。

冯老爷子说，我想去一下十八坡。

宇强愣住了，他完全没想到，事隔这么多年，老爷子还记着十八坡。

宇强敷衍说，等你病好了，我陪你去。

冯老爷子固执地说，我想去一下十八坡。说完，他闭起眼睛，不再搭理儿子。

这是无形的较量，较量到最后的结果，宇强让步了，着了安浩陪老爷子一起去。安浩问，十八坡是什么地方？爷爷去做什么？宇强脸色有些沉，说，别问东问西的，路上照顾好你爷爷。

车子出城，沿高速驶了三个小时，到达一个小镇。从小镇往乡下开，又开了近半个小时，终于，司机说，十八坡到了。安浩摇下车窗，看到的是一个小村庄。收割后的庄稼地，有些寂寥，又有些懒洋洋的。麻雀们在半空中叫得欢。不远处，有两个农妇在捆稻草，她们停下来，对着这边张望。冯老爷子本来是躺着的，这时，坚持让安浩扶他坐起来，他对着窗外看了良久，喃喃说了一句什么，再支撑不住似的，躺倒了。

当天晚上，冯老爷子陷入昏迷。两天后，安静离去。

冯老爷子住进了那块豪华墓地。宇强站在墓前，眼光越过墓地投向远方，远方山重水复。他问儿子安浩，老爷子在十八坡时有没有遇到什么人？安浩说，哪里会遇到什么人啊，爷爷连车都没下的。不过，安浩不解地说，爷爷说了句，小菊，我来与你告个别。小菊是谁？

宇强的心，痉挛了一下。只有他知道，小菊是老爷子多年前深爱的恋人。小菊家住十八坡。

风起。

他与她的血，

消融在一起。

一片血色的花，

汹涌澎湃地摇曳着，

映红了半边江。

邂逅到一场惊艳，

在午后，

在一条寻常的河边。

冬葵

冬葵到药房当学徒的时候，时年十二岁。

也是因为家穷，唯一的男丁，被父母硬生生送了来。什么活都做，掌柜一家人的衣服要洗。尿壶要倒。水要挑。柴要劈。饭要煮。还不时要去山上采草药，一个人顶着烈日，攀爬在悬崖峭壁上，忍受蛇虫侵扰。

冬天，窗上结着冰花，一朵朵，丰腴着。掌柜一家人还躺在温暖的被窝里，冬葵却要早早起来，院前院后打扫，伸了冻疮密布的手，擦冰花。动作慢了，掌柜会生气。肥头大耳的掌柜一个巴掌掴过来，会让冬葵眼冒金星，半天站不稳。

冬葵怕，度日如年。好不容易找了机会回一趟家，对着父母哭，说，哪怕饿死，也不要把我送去。父母反过来对着他哭，说，在家是等死啊娃。没有学徒不是这样的，熬出头来就好了。娃啊，熬着吧。

父母的眼泪，把冬葵吓着了，他后来再没对父母哭过。他在药房里安下身，渐渐爱上那个地方。一天的忙碌过去，他有了属于自己的片刻安宁。虫鸣声若有似无地响在夜空里，铺盖卷静静倚在药房的柜台旁，他举着烛台，在一圈柠檬黄的光里面，踮起脚尖，偷偷打开红木柜子上一个一个暗红的抽屉。各种草木花朵好闻的气息，汹涌而出，很快将他淹没。

冬葵着了魔的喜欢上那些中草药，每一种，都有一个好听的名字。仙茅，白薇，连翘，沉香，茯苓，紫苏，——冬葵一一在嘴里念，念得心动。一天，他发现“冬葵”居然也是一味中草药，他实在太高兴了，抓了一小把冬葵子藏在身上，手不时悄悄触摸它，心底有隐秘的快乐在飞。

女孩红花的出现，让冬葵的世界春暖花开起来。这个时候，冬葵已在药房里当了五年差，长成一个瘦瘦高高的少年。他能准确地报出任何一味中草药的名字，抓药时全凭手感，几钱几两，分毫不差。

红花是来买药的。十六岁的女孩，父母早亡，跟了哥嫂。哥嫂贪财，收了人家钱财，强行塞她进花轿，给一病重的老头冲喜。冬葵在她脸上读到深刻的忧伤，如夜色堆积般的。他的心，无端地弹跳起来，疼。他抓一把药，再抓一把药，包好，左右看看，飞快地对红花说，拿走吧，不要钱的。

红花看着他，“扑哧”一声笑了，两只细长的眼睛，弯成小月亮。她说，我带了钱呢。然后，在柜台上搁下一把银元。冬葵的脸“腾”地红了，心却是愉悦的。因为，他看见她的笑。那一天，他看天，天美。看地，地好。肥头大耳的掌柜看过去，也没那么可憎了。

两个少年就这样相识了。一些夜晚，红花会趁老头睡熟了，偷偷跑出来，轻轻敲冬葵的窗。冬葵的心，立即欢喜得开了花。他举着烛台，领着红花，一一去辨认那些中草药。贫穷的两个少年，没什么可相赠，却有草药。他送她“冬葵子”，她赠他“红花”，彼此是贴近的两个。他说，将来有一天，他要开家药房，房前屋后都种上草红花和冬葵。她听着，眼睛亮起来，又黯淡下去。她的日子一片黑，她不知道会走向哪里。他安慰她，没事的，有我呢。

重病的老头终撒手而去，那家人要把红花卖了。红花惊慌失措跑来找冬葵。冬葵只觉得一股热血直冲大脑，他一把牵住红花的手，说，我们逃吧，我带你走。

半路上却被捉回。冬葵被打折了腿，整整一个冬天没能挪步。等到窗外的冰雪终于消融，枝条上缀满雀跃的小绒毛，冬葵却再也找不到红花了。那时恰逢兵荒马乱，一个人的消失，如同一粒尘的消失，无声无息。

掌柜后来暴死，冬葵成了药房的主人。他养成了爱种草红花和冬葵的习惯，日子里，总有红花白花不息地开。这一习惯到他成为爹，没有改。到他成为爷爷，没有改。晚年，他患上老年痴呆症，忘记了很多人很多事，甚至连他最疼爱的孙子站他跟前，他也不认得了，却喜欢种下一棵一棵的草红花和冬葵。在花盆里种。在院门前的花池里种。在他看到的所有的土里面种。人问他，老人家，你这是在种什么呀？他口齿清晰地答，草红花和冬葵呀。核桃般褶皱的脸上，漾着令人心动的温柔。一圈圈，如水波。

大风起兮叶纷飞

朔风呼啸，旌旗猎猎，狼烟遮天蔽地，又是一场惨烈的厮杀。

刀光剑影中，只见一片黑影如乱草般倒伏。多少人死在他的刀下了？说不清的。他已全然麻木。他座下的乌骓马那白得像雪的四蹄，早被鲜血浸染得通红。放蹄之处，留下片片残红，触目惊心。

当他把最后一个拼死抵抗的秦军的人头，砍杀于马下时，他瞥了一眼那人头，他看到一对乌漆漆的眼睛，朝着他，冷冷笑着。不知怎的，他的心，剧烈地跳了一下，这是他从未有过的感觉。他猛地用腿一夹马肚子，乌骓马仰天长嘶一声，撒开四蹄，径直从那人头上越过去。他在马背上，忍不住回过头，那人头竟也转过方向，朝着他，不屈不挠地。一对乌漆漆的眼睛，冷冷笑着。

见鬼！他低吼一声，策马而去。

终于，一切都结束了，他率领的楚军大胜，秦军大败。他牵马迎风昂立，霸气冲天。这片战场，是他的，都是他的。而天下，也将是他的，都是他的。风过处，浓浓的血腥味飘荡在空中，久久不散。不远处，漳水河的水，墨黑墨黑的。

是夜，他做了一个梦。

梦中，他遇到一绝色佳人。他唤她，美人。美人回头嫣然一笑，他便彻底丢了魂。

他不由自主跟着美人走。

然美人却始终与他若即若离着，隔着一团雾的距离。

他想冲破那团雾，却怎么也不能够。

他们走啊，走啊，最后，来到一条江边。美人伫立江畔，背影袅袅婷婷，如花隔云端。

这条江，他太熟悉了，隔江而望，就是他的家乡。他有些惊诧，想着，美人到这里来做什么呢？

他想叫住美人，问上一问。美人却倏忽不见了。这时候，他的身前身后，突然冒出许多的草，那些草，迅速地抽出长长的茎，每枝茎的顶端，都系着一个花苞苞，像蛇信子。他正不知所措着，那些“蛇信子”，一时间竟全部怒放开来，艳红艳红的，如血凝聚而成。

还没等他反应过来，那些花，竟潮水一般的，汹涌起来，瞬息间把他淹没。他大叫，美人！美人！努力想挣扎出身子来。

他被自己的叫声惊醒。在床上惊坐而起，大汗淋漓。

随从们纷纷跑进来。他环顾四周，问，美人呢？

随从们莫名其妙看着他，说，将军，您的大帐里，并没有人进来过呀。

他愣愣着，始才知是做梦了。他冲随从们无力地摆摆手，说一声，都散去罢。怅然若失。

大帐外，月影西斜。几颗星子，迷蒙着，像迷茫人的眼。

八百里秦川，他一路策马扬鞭，前往咸阳。人见之，闻风丧胆。

那日，行至关中，他见一处好山好水，遂让兵们驻扎下来，做短暂逗留。

三月轻寒。然大地上已然有了生命的雀跃，光秃秃的枝丫上，冒出些许细细的小绒毛。山上的小草们，也有了发芽的迹象。遥看，一抹抹嫩绿的轻烟，吹着拂着，恍若梦境。

他的心里，起了温柔意。这几年间，他转战沙场，厮杀无数，人变得石头般又冰冷又残酷。不过才二十四五岁，他早已练就得刀枪不入，冷峻威严。此刻，这些轻烟般的小绿，像温软的小手指，撩拨得他的心软软的。他预感着要发生一些什么，坚硬的心里，竟有种莫名的期待。

他决定随便走走。也只带了三两个随从，信马由缰的，他就走到了关中的一个小集镇上。

正逢赶集。集镇上一派热闹，这边在耍马戏，那边在变戏法，大人笑孩子跳的。乱世浮沉，小老百姓也总能寻得一隅，过他们自己的日子。

他远远看着，竟有些动容。

突然，一阵婉转清丽的弹唱，飘进他的耳里：

大风起兮叶纷飞
大雁飞兮云渺渺
妾欲寻君去
却不道
山高水又阻

他循声望去，看到一红衣女子，手抚瑶琴，当街弹唱，旁边围着一圈人。

女子正当青春妙龄，生得花容月貌，一双乌漆漆的大眼睛，尤为动人。

他一见倾心。

一曲终了，余音袅袅。围观者叫好一片。女子起身道谢，丰姿绰约。隔着人群，她的目光，噙住了他的目光。她嫣然一笑，他立即如禅定了般的，不知身在何处了。

他八尺男儿的身躯，冲她弯下去。

她说她名唤虞。

他便牵起她的手，低头轻轻地唤她，虞，虞，虞。一生从未有过的温柔，他全给了她。

她说她父母双亡，本是到关中来投亲的。然她找寻了很久，也没找到她要投奔的人，只得暂时栖身在这小镇上，卖唱糊口。

他怜惜万分。他说，从此后，你有了我，不会再孤零零的了，我也不会再让你受一点点苦。

她一双乌漆漆的眼睛，看着他，轻轻地叹息一声，落花般的。这声叹息，让他的心，温柔地疼起来。

他说，虞，你相信我，我会给你想要的一切，我会给你全世界。

她轻轻摇摇头，谢谢将军，我不需要全世界。

但她还是抱了她的瑶琴，跟了他。

她骑他的战马。她入他的营帐。她为他载歌载舞。一袭红裙过处，惊起无数涟漪，见者无不为她迷倒。他的兵们都深知，将军的身侧，来了个虞美人，能歌善舞，貌若天仙。

有她在身侧，他变得越发骁勇，他说，得她，如得一半天下。

他有善观星象的谋士，见到她，脸色却骤变。谋士旁敲侧引，跟他讲商纣王与妲己的故事。谋士说，她将是他生命中的劫。他勃然大怒，宰杀了谋士。他是见不得别人说她一点点不好，宁负天下人，他不要负她。

她乌漆漆的眼里，蒙上泪。

他不解她为何要落泪。他搂紧她问，虞，你还想要什么？你要的，我全都能给你。

她轻轻摇头，再摇头。

他以为她不信。哈哈笑着，一把把她抱上他的骏马，“嗖”一声，扬鞭飞奔。至一山岗上，他让马停下，在马上挥鞭遥指前方，问她，虞，你可知道那是哪里？

那是秦都咸阳！虞，我将挥兵直捣那里，杀他个片甲不留！虞，到那时，秦宫里所有的奇珍异宝，都将是你的。

她默默听，双肩怕冷似的，颤抖个不停。

她一个人，走进一片深山老林。天黑咕隆咚的，星子在她头顶上闪着诡秘的光芒。

她很害怕，她不知道这是哪里。她似乎在找他，她叫，将军，将军。但张着口，愣是发不出一点声音。

突然，一个身穿盔甲的无头黑影，朝她走过来。那黑影的手上，竟提着一颗鲜血直滴的人头。她吓得转身就逃，却被身后的声音，绊住了脚：

虞儿，别怕，是我！

她对这声音太熟悉了。她从小，是在这声音里泡大的。沈府大院里，她和他，并排坐在一棵花树下，他教她读书识字，温热的气息，呵着她的脸。野外，他教她骑马狩猎，毛茸茸的胡须，扎着她的脖颈。他请人给她制作瑶琴，用上好的木料。一些时光里，她抚琴，他高歌。他呷一口酒，笑眯眯看着她，说，为父此生得一个虞儿，足矣。粗犷的一介武夫，对着她，竟有着万般柔情。

这一切，却转瞬就消失得无影无踪，如同幻影。昔日的沈府，早已人走楼空，荒凉败落如古墓。

虞儿，是他杀了我，是他！那声音字字铿锵。

她惊回头，无头黑影慢慢遁去。天地间，只剩下一个声音在回响，虞儿，是他杀了我，是他！

她泣不成声。

他被惊醒。看到她哭，他惊慌失措，急急问，我的虞，你怎么了？

这个时候，他的人生，正走到得意处。他一路所向披靡，攻下咸阳，火烧秦王宫，自称“西楚霸王”。

他认为，他的好运，都是她带来的。她是他的福星。

他要为她，打下全天下。

她却并无多少欢喜，神情一日比一日愁闷郁结。她已多日不抚她的瑶琴了，多日不为他歌为他舞了。

虞，你到底怎么了？你要金银财宝，我给你金银财宝。你要江山，我给你江山。你哪怕要天上的月亮，我也想办法给你摘下来。你还有什么不开心的？他追问。

她低头，有泪滴在胸前，王，我梦见，我横尸马前。

他大恸，虞，好好的，你怎么想到死？我不会让你死的。你若死了，我决不独活！

她动容，轻轻偎了他。一豆灯光，映照着两个年华正好的人。那一刻，没有刀光剑影，没有杀戮仇恨，只有她和他，前世今生。

他战果连连。

天下眼见着成了他的囊中之物。

他带着她，一路东归，春风得意马蹄疾。她却无半点喜色，眉头越发深锁，愁容难消。

他不解，问，虞，这到底为何，为何？

她不语。回望身后，身后，他的兵，走得七倒八歪。长途的奔波斯杀，兵们太劳累了，急需安营扎寨，补充给养。

洨水河的水，在前方闪着粼粼的光。她远远望着那水，发一会愣，突然朱唇轻启，大王，我们在这里歇歇吧。

他大喜。她终于肯说话了，肯对他提要求了。他忙传令下去，吩咐他的兵们驻扎下来。他说，虞，你想住多久，就住多久，只要你高兴。虽然他心里面知道，他们绝不能在此久留，粮草严重不足，他们得速速赶路，去筹备粮草。

是的，你想住多久，就住多久。他搂紧她，再次温柔地在她耳边轻轻说。

她怕冷似的，抖起来。

垓下的大帐里，她为他烹酒，他兴奋得连连痛饮。

她裹在一袭红斗篷里，为他且歌且舞。唱的竟是楚地歌谣。

他一惊，握手里的杯子，“啪”地落了地。

虞，你怎么会唱楚地歌谣？他问。

她笑答，因为妾是楚地人呀。

他的心，突然很疼地揪了揪。这么久了，他对她掏心掏肺，竟不知她是楚地人。——原来，她从未对他打开过心扉。

军中多有楚地人，闻听他的大帐里传出楚地歌谣，如黄鸟鸣啭。一时间勾起思乡情结，竟都不能自已地跟着哼唱起来。起初也只是小声的，后来，声音越来越大，浩荡激越，四面楚歌。

正在这时，营外突然传来厮杀声。有兵慌张进帐来报，大王，汉军来犯，人数众多，来势汹汹。

他慌忙出帐，点兵出阵。兵们哪里肯听，都纷纷放下武器，脱去盔甲，闹着要回家。

他败了。败得很惨。

他带她逃奔。

这个时候，他害怕的，不是失去他的权力，而是失去她。

虞，我不要什么江山了，我只要和你在一起，我们去做一对隐世的夫妻，可好？他说。

她不语，只一任泪水，在脸上肆意流淌。

他们逃奔到一条江边，隔岸，就是他的家乡。浩渺的水面上，空无一物，他们，过不去了。

追兵却越来越逼近。

她凄然一笑，大王，这是命数。

且让虞再为你舞一曲吧，她说。说完，她婀娜起舞，唱道，大风起兮叶纷飞……舞至他跟前，她突然抽出他的佩剑，抹向自己的脖颈。她说，大王，今生我欠你的，我用命来还。来世，虞一定等你。

原来，是她给汉军传递了情报，引得汉军一路追来。亦是她，用一首楚地歌谣，瓦解了他的军心。

他做梦也没想到，漳水河畔，他最后宰杀的一名秦军大将，竟是她的父亲。

他想阻拦她，已经来不及了。

他抱她入怀，泪流满面，追问，虞，你爱过我吗?

她努力睁开眼睛，微微笑了。笑着，笑着，那眼睛就闭上了。

她的身下，开出一大片花来。艳，血一样的。

他发呆地看着，缓缓举起了剑。

风起。他与她的血，消融在一起。一片血色的花，汹涌澎湃地摇曳着，映红了半边江。

樱花伤

四五岁的时候，她姿势标准地坐在蒲团上打坐，把一卷《般若心经》念得清灵婉转。其时，外面兵荒马乱，静心庵里，却一派宁静，晨钟暮鼓，岁月悠悠。

庵里除她之外，还住着两个尼姑，一个老些。一个年轻些。她称老些的为师太。称年轻些的为师傅。师太看她念心经，眉宇间洇着一丝不易觉察的笑意，师太说："这孩子有慧根。"遂赐她法号慧灵。

从记事起，她就住在静心庵，由师傅细心照应她的一应起居。她拿木鱼当玩具，当当当敲着玩。她拿念经当儿歌，唱得清脆悠扬。偶尔的，她会偷偷溜出庵去玩。附近人家的小孩，在一条小河边玩泥巴，看见她，齐齐哄笑起来："小尼姑，小尼姑！"

她隐约觉得这个称呼不好，跑回去，拽住师傅的衣襟问：

“师傅，小尼姑是什么呀？”师傅受了一惊，默然良久，抚抚她的头，轻声道：“小尼姑就是你呀，你是向佛之人，所以他们叫你尼姑。”她似懂非懂地哦了声。师傅叮嘱她：“你以后不要再溜出去玩了，外面凶险太多。你要听话，要好好念经，佛祖才会保佑你。”她扑闪着一双大眼睛，看着神情严肃的师傅，点点头。庵前，一树的白樱花，铺成雪海。几只小麻雀，从花树间飞出，飞上庵堂顶，四下里张望，不知忧愁地喳喳着。

日子自此安定。外面再多的惊天动地，都与她不相干的。她洗衣掸尘，念经礼佛，朝迎日出，暮送日落，日子安静如水。庵前的樱花白，一年复一年。

她也就长到十七八岁了。外面盛传，静心庵里有个漂亮的小尼姑。许多人冲着她来静心庵，一时间，庵里香火鼎盛。

有个年轻人，也来。每个月的月末，乘了船来。船泊在离庵堂不远的河边。她在河边洗衣，望见他的船。他站在船头，一袭白衫，像用樱花染出的一个人。他冲她微笑，她脸红了，低下头去，草草洗完衣，就跑了。

他带了花花绿绿的绸缎到庵里来。她心动那些红粉水绿，却不敢要。一袭缁衣是她固定的装束，她要那些绸缎做什么呢！

他却仍固执地带了绸缎来送她。庵堂拐角处相遇，他一把拉住她的衣袖，呼吸直扑到她脸上，他说：“你长得好美你知道吗？”她的脸“腾”地红了，心扑通扑通直跳。这话，她听人说过千万遍，可是，从他嘴里吐出来，就是不一样。

她吓得转身就跑，一口气跑进禅房。她按住胸口，害怕地想，她这是动了尘念了么？师傅说过，一切尘念，都是罪恶。她不停地念："无眼界，乃至无意识界，无无明，亦无无明尽。"心潮却难平，耳畔响着的，都是他好听的声音："你长得好美你知道吗？"再去河边浣衣，她对着水里面自己的影子，惆怅不已。水里面的她，粉面黛眉，如一朵白樱花。

师傅发现了她的心神慌乱。青灯下，师傅语重心长对她说："慧灵啊，佛度静心人，你不要乱了心性，乱了心性，就回不来了。世间恶果，都是乱了心性才种下的，师傅不想你有朝一日，自食恶果啊。"她含泪点头。那一夜，她在佛前，念诵《般若心经》，直到天明。

年轻人又来了。这次他来，竟要带她走。他告诉她，他家在杭州，他家经营着好几家绸庄。他爱她，他要带她去杭州，让她留长头发，穿绸缎衣裳，他会陪她，生生世世。她心性大乱，把经念得颠三倒四。师太听见，叹息一声，道："罢了，罢了，慧灵，你起了尘心，你去吧。"

她跟着年轻人离开了静心庵。走时，庵堂前的一树樱花，开得鼎沸，一朵白叠着一朵白，叠成雪海。师傅送她出门，师傅眉宇间含着愁凝着怨，一直不说话。她跪拜师傅，转身走。师傅突然在她身后叫一声："慧灵。"声音里有浓得化不开的泪和哀愁。她的心一抖，像有锐器，痛痛地划过。她想起从小到大，都是师傅陪伴在她身边，无微不至照应着她，这一走，就是千山万水了。可她还是要走的，她要奔着她的爱去。

几年后，她重回静心庵，带着一身的伤痕，一身的沧桑。她跪倒在师太脚下，求师太把她蓄起的长发，全部剃去。师太念一声“阿弥陀佛”，手起，刀落，她头上根根红尘的发丝，飘落于地。门前风吹，一树樱花落。

从此，她一心向佛，沉默似青灯古卷。几年红尘辗转，她到底遭遇过什么，她只字未提，师太也只字未问。只是她刚回来时，师傅有些失态地抱着她，久久没松手，师傅喃喃道：“回来就好，回来就好。”

也是到最后，她才知道，做她师傅的，原来竟是她的亲生母亲。当年，年轻的母亲，与人相爱，怀了她。但那户人家不容，赶母亲出门。所爱之人，也骤然翻脸。又逢战乱，母亲流落到这个偏僻小镇，奄奄一息，幸好师太救了母亲。不久，母亲在庵堂里生下她。母亲看破红尘，立意出了家。

母亲告诉她这些的时候，母亲已行将就木。师太也已圆寂了好些年。静心庵经历了战火，经历了一些浩劫，但总算，庵堂还在，她们也还有个落脚处。母亲知自己时日不多，紧紧抓住她的手，祈求道：“儿啊，你叫一声娘吧。”她泪流满面，使劲张着嘴，可那一声“娘”，始终没叫得出口。

母亲带着遗憾走了。母亲走时，庵堂前开得好好的一树樱花，一夜间，全落尽了。

庵堂冷清下来，少有人来，常常香火不济。这也无妨，她不需要过多的香火，庵堂里有块地，她自己种了。一盏青灯，一卷经书，就够她送光阴的了。她轻诵：“观自在菩萨，行深般若波罗蜜多时，照见五蕴皆空，度一切苦厄……”她的声音，已不复当年的清灵婉转。

我遇见她时，她八十多岁了，正握把扫帚，在清扫庵堂前的一块地。一袭缁衣，干干净净，套在她身上，宽大得有些发飘。她脸上的皱纹星罗棋布，但精致的五官，依然照见当年的秀气迷人。庵堂旧得很了，门楣低矮，随时有倒塌下来的可能。樱花树已枯萎，一截树桩，杵在那儿，像牌坊。跟她打招呼，她很和气地笑，复低头清扫着那块地。地上铺着细砖，上面，不见一丝尘屑。

倾国之恋

王宫。窗外，清涟涟的月光泻下来，泻在一方雕花方格窗上。泻在一根擎天柱上，柱上雕龙画凤。龙在月下游，凤在月下舞。一枝白莲，在桌上青瓶里盛开，开得幽幽的。无心。真奇怪，这枝白莲，竟是没有心的。

月光清冷。后半夜了。

锦绣帐内，褒姒又做噩梦了，她又梦见那个女人，她又梦见她自己。

十八年来，她做着同样一个梦：

还是婴儿时。

小小的她，粉白的一团，包在一条大红猩猩毯内。一个女人，紧紧把她抱在胸前，紧得她快喘不过气来。女人披头散发，衣裙凌乱。女人大声嚷嚷，她是我的孩子，我的！

一群人，看不见他们的脸，只看见纷乱的脚。脚踩着脚，脚叠着脚，他们在争抢女人怀里的她。女人更紧地抱着她，哭着叫着求着，柔弱的身子，像风中一朵白樱花。

突然，她看见王。没错，是他，高大魁梧，眉宇间，英气冲天。可是，他脸上竟现出狰狞来。纷乱的脚步，突然止息。

王走到女人跟前，王对女人伸出手，低声喝道，给我！

女人惊恐地叫，不！她是我的孩子，我的！

王冷笑一声，野种。他轻轻一拨女人的胳膊，她就到了王的手里。大红猩猩毯掉下来，她赤裸着小小的身子，粉白的一团，不哭不闹地看着王。

王对着她默默看了两分钟，扭头吩咐，扔了她！

大河，无边无际的大河。青山无限秀。她被人带到河边，扔进河里。在被扔进河里的一刹那，她看见了抱她的女人，被一群人推着搡着，也来到河边。突然有寒光一闪，她看见血，从那个女人脖子上，喷射出来，像一朵硕大无朋的花朵。女人的头，在空中转着圈，转着圈，长发向后飞去，现出一张凄艳绝伦的脸，那张脸朝着她掉落的方向，绝望地叫了一声，我的孩子！

月华如水。

四野回应着那一声凄厉的喊叫，我的孩子！

她很镇定地看着，她一直没有哭。水真凉啊，水浸过她的小脚，小腿，小手，小胳膊，水就快淹没她的头了。突然，她的身子从水里浮起来，她躺到了一朵荷花上。身子下，簇拥着无数小鱼，它们推着她，一路向前。

青山绿水，天地悠远。

她的心，在那一刻苍老。

褒国。地处偏僻。人们上山砍柴，下河捞鱼，日出而作，日落而息。日子过得宁静又逍遥。

一对普通百姓——樵夫和他的妻，在山上唱着忧伤的歌。结婚五载，他们一直期盼着有个小孩，希望却总是落空。

这日，他们去山上的寺庙里祭祀。妻子在跨越门槛时，脚下突然被一块石子绊了一下，仰面倒下。空中飞过一只鸟，鸟嘴里衔着一瓣荷花。鸟啾啾一声叫，荷花掉下来，不偏不倚，刚好落到摔倒的妻子怀里。

这时，大山深深处，很突兀地响起一个苍老的声音：水生荷，荷生褒姒。水生荷，荷生褒姒……绕山不绝。山石为之震颤。

丈夫去寻那声音，遍寻不见。回头，却见妻子中了邪似的，捧着那瓣荷花，喜笑颜开，口中喃喃，我们有孩子了，我们有孩子了。

丈夫猛然醒悟过来，拉了妻子就往山下跑。他们一口气跑到山下的大河边，只见一朵荷花，像耀眼的一朵粉色的云，顺着水，由远及近地飘过来，飘到他们跟前。婴儿时的褒姒，躺在荷中央，美若小天使。

夫妇俩高兴坏了，赶紧抱起这个顺水飘来的孩子。

他们唤她，姒。对她极尽宠爱。

褒姒成了樵夫的女儿，在樵夫的家里成长起来。很小的年纪，就表现出过人的聪颖，能歌善舞。只要她一放歌，山上的百鸟，全都噤了声。只要她一舞蹈，水里的鱼，全都浮上水面，仰了头看她。

只是，她很少笑。

樵夫夫妇想尽办法逗她笑，她还是难得开颜。养母把她揽入怀中，抚着她滑若凝脂的肌肤，问她，姒，你到底有什么不开心的？她的泪，流下来，她叫，五娘。她从小不叫养母妈妈，而叫五娘。很奇怪的称呼。问她怎么会这么称呼的。她答，五娘家里有五个女儿，五娘是第五个女儿。这让养母大惊失色，养母的娘家，的确有五个女儿，养母是家中第五个女儿。

五娘，褒姒叫。她的纤纤小手，按到胸口上，她说，五娘，请原谅我不能笑，我一笑，我的心就疼得要炸裂开来。

山中岁月，如草如花。不知不觉，褒姒已十五岁。人见之，惊艳。褒国盛传，出了美人叫褒姒。

只是，这个美人是忧伤的。她常常坐在水边，一坐就是大半天。在水里，她望见她的前身——一条小白龙，在水里面游。

她也总是做梦，梦见那个女人，梦见她自己，梦见王。

十五岁生日这天夜里，她又被噩梦惊醒。她起身，坐到窗下弹拨古琴，琴声幽幽，如泣如诉。窗外月华如水。突然，一枝白莲，远远飘过来。白莲破窗而入，白莲落到她的古琴上，拼命盛放。花蕊里吐着的，都是前尘往事。

宫殿，奢华的宫殿，雕龙画凤。十二岁的桑柔，是宫中的小宫女，出落得如花似玉。她手擎一枝白莲，袅袅婷婷地走进宫殿，长发飘舞，美妙绝伦。王进来了，王看到桑柔，王的眼睛直了。王走过来，抬起她的下巴问，你叫什么名字？桑柔轻声答，桑柔。朝王鞠了一个躬，慌慌地跑开去。

大门口，桑柔的脚踩到一只大鳖上。鳖竟朝她笑了笑，笑得很暧昧，两只乌漆漆的眼睛，还朝她眨了眨。桑柔大惊，她揉揉眼睛想再细看时，鳖已不见。

桑柔意外地怀孕了。王极度震怒，追问她那个男人是谁。桑柔睁着一双深潭似的大眼，看着王，摇头说不知。王后亲自检查了她的身体，发现她还是处女之身。不祥之兆啊，王后对着王说。王的脸色骤变。桑柔被王打入冷宫。

十五岁，桑柔在冷宫里突然生下一女婴。女婴一声啼哭，穿云破雾，让整个王宫失色。脚步声纷至沓来，女婴被抛入宫外的大河里，而桑柔，被斩首在大河边。

遥远的天边，有歌声踏浪而来：一方一净土，一笑一尘缘。

莲花凋落。

褒姒听到一个声音，耳语般地响在她耳边：姒，我是你冤死的娘亲，你要为娘亲报仇。

她浑身打一个颤。定睛细看，莲已消失，如同梦幻。

窗外，月已沉。

褒姒十八岁这年夏天，王攻打褒国。

褒国的百姓，结伴逃难，逃进荒山深深处。褒姒的养父母也带了褒姒逃难，他们在荒山深处的一个山洞里安了家。褒姒随身携带的物件，只有一把古琴。

那日，她正在洞口抚琴，四周寂静，只有她的琴声，幽幽。洞外树上一只鸟，听得落泪。一伙强人，突然出现在她的洞口，杀了她的养父母，掳走了她。

她昏死过去。

醒来时，她躺在一条河边。她坐起身，茫然四顾，河水清涟涟的，映出她面若芙蓉，黑发如瀑。突有一骑飞奔而至，高头大马之上，是英俊的王。梦里无数次相遇，她熟悉那样的眉毛，那样的嘴唇，只是，他脸上没有狰狞之色。

十步远的距离，王的马，仰天长啸一声，停下。王在马上，痴痴地望着她，眼波温存。她目不转睛望着王，突然展颜一笑，盈水一岸，众生倾倒。

王从此中了她的蛊——她的笑，是他致命的毒，无药可解。

宫殿。褒姒缓缓走进来，长长的裙摆，在地上拖出一片旖旎。王宫里，无论大臣，无论卫士，无论宫女，无一不大张着嘴巴，失声地看着她。他们从没见过这么美艳的女子！

太后的眼睛，毒。太后上上下下打量了她一遍，冷冷地对王说，这个狐狸精会害了你的。

王牵了她的手，王的手心里全是汗。王轻声对她耳语，姒，别怕，有我呢。王沉着地对太后说，我爱这个女人，以后，不管是谁，都不许轻视她。

太后气得拂袖而去。

褒姒成了王的心爱，在王宫的地位，扶摇直上。王想尽一切办法取悦她，给她无数的绫罗绸缎，穿不掉，被伺候她的小宫女们撕着玩。还给她无上的地位，甚至让她取代了皇后，成了一国的国母，母仪天下。

王以为她会快乐，王以为她会欢颜。王等了很久，却失望了，褒姒还是眉头微蹙，终日里，只与她的古琴相伴，素手轻拨，琴声幽幽。窗外日西斜。

王苦闷不已。王问，姒，你到底还缺什么？

褒姒给王鞠躬，褒姒说，谢谢王，我什么也不缺。

那你为什么愁眉不展？

褒姒的眼光，就穿过窗户，穿过宫殿，穿过青山万水去。她答非所问地说，绿水悠悠，青山不老。

那样的神情，刺痛了王。王抓住她的手臂，摇晃着她，眼神里，全是乞求，姒，我的姒，我爱你，你能不能为王笑一个？

褒姒不笑。褒姒拨开王的手，退后两步，旋开衣裙。她开始翩翩起舞，波光碎影，如仙子落瑶池。褒姒说，王，我可以为你歌，为你舞，但不会，为你笑。

王的脸，煞白。

王喝了满满一兕觥的酒。王大醉，梦呓不断，王说，姒，我的姒，你为王笑一个好吗？

褒姒动容。

褒姒伸手抚琴，琴声更加幽幽。窗前飞过一只鸟儿，不忍卒听，振翅飞走。落在不远处的一棵树丫上，独自回过头来，哀鸣不已。

褒姒焉能不知王的好？王为了她，不惜跟太后闹翻了。王为了她，把无有过错的皇后废了，遭到万人唾骂，朝中大臣人心背离。王为了她，江山社稷都看作粪土。

褒姒深深叹了一口气。突然，一个声音，萦在耳边，姒，我是你冤死的娘亲，你要为娘亲报仇啊。桌上的白莲，变幻出一张女人的脸，凄艳绝伦。

褒姒一惊，“嘭”一声，弦断。

王外出打猎归来，喜形于色，旋风般地冲进宫殿，身上的猎装，都未及换。他径直冲到褒姒的寝宫，拖起褒姒就走，一边走一边哈哈大笑，褒姒，我要给你一个惊喜。

黄昏已沉，暮霭四起，褒姒做梦似的被王抱到他的马背上，王载着她，一路飞奔。风在耳边排山倒海。天地之间，仿佛只剩下他们，像凌空的鸟。褒姒忽生贪恋之心，暗暗祈求，上天啊，就让我这样随着王，浪迹天涯，永永远远走下去，不回头。

王的马，却突然停下。风止，夜色四合。

褒姒看见了一堵城墙，和周围隐约的青山。

王牵了褒姒的手，一步一步走上城墙。暮色之中，青山显得丰姿绰约。

烽火台旁，待令的士兵，笔直地站着。王察看了一遍，满意地微微颔首。他执了褒姒的手，深情款款地看着褒姒说，褒姒，今晚，我要让全天下的人都知道，我是多么爱你。

褒姒心中已了然，褒姒说，谢谢王。

那你肯为我一笑吗？

褒姒答，好。

只一个字，却在王心里掀起万股巨浪，为了博美人一笑，王真可谓煞费苦心，亏得谋臣虢虎献了这计“烽火戏诸侯”。

王手臂一挥，一声令下，烽火点燃，刹那间照亮大半个天空。战鼓齐鸣，轰轰轰响彻云霄。

不过一盏茶的工夫，天边忽然传来马蹄声，雷声滚滚。东边有了，西边有了，南边有了，北边有了。近了，近了，天地在咆哮。不一会，城墙下已是一大片黑压压的人群。四方诸侯看到烽火，都急慌慌地赶来了。

王，哪里有战事？诸侯们仰了头问。

王站在城墙上，哈哈大笑。王冲着城墙下的诸侯挥挥手说，大家散了吧，烽火是我和王后点着玩的。

四方诸侯感到极度震惊和意外，大家敢怒不敢言，无比怨恨地把坐下的马，打得长嘶狂奔。一队又一队人马，迅捷散开，雷声滚滚，滚向远方。褒姒见状，忍不住抚掌大笑，火光之中，她的笑，如蓓蕾盛放，妩媚妖冶。

王的眼睛一眨不眨地看着她，如痴如醉。

战事突发。

大队人马把王的城，围了个水泄不通。

王慌忙带了褒姒上城墙，下令士兵们放烟鸣鼓。

诸侯们都看到烽火了，都听到鼓声了，却端坐家里，按兵不动。他们以为王又在玩点烽火的把戏。

烽火惨淡。城外的敌兵多如蝼蚁。

怕死的士兵，临阵反叛，乱箭射死王。王临死之前，紧紧拽着褒姒的手，王说，褒姒，我知道烽火不能随便点着玩的，我知道的。可是，为了你，我愿意冒任何险。我不遗憾我爱你，只是遗憾，我不能再爱你了。我的姒，你能不能为王，再笑一回？

褒姒想笑，咧开嘴，却哭了。她的泪，一滴一滴砸在这个深爱她的男人身上。男人定定地看着她，长叹一声，缓缓地闭上了眼睛。

兵们欲往上冲。他们的头领放言，要活捉了褒姒这个美人。

褒姒握了一把战刀在手，战刀在白月光下，闪着清冷逼人的光。兵们被震慑住了，没有一个人敢冲上前。

褒姒开始起舞。今夜，王，我且为你舞。水袖漫天，一曲舞尽，月如钩，人已凉。

收拢了水袖，褒姒弯腰，跪伏到这个最爱她的男人身边，轻轻擦去他脸上的血迹。上一辈人的仇恨，该了结了。他的父王，她的母亲，前世纠葛，今生偿还。她展颜一笑，百花凋落。刀起，她美丽的身子，缓缓倒到王的身边。

她第一次唤他的名字，姬宫涅。

姬宫涅，若有来世，我不是褒姒，你不是王，我们就做乡野一对寻常男女，我一定嫁你为妻，陪你生生世世。

四野寂静，大地死去一般。

远处，有夜鸟突然而鸣，凄清的一两声。一个国，沦陷了。

生命的承接，
总是你来我往，
无有间断。

冬还没来，
秋还在秋天里，
在做着它华丽的梦。

| 第三辑 |

怜取眼前人

满目山河空念远， 落花风雨更伤春。
不如怜取眼前人。

你在，世界就在

乡间的土路，有些坑坑洼洼。偶有车路过，扬起一地的尘。路两边，不时可见梧桐树，顶着一头紫色的花。农田里，一片繁茂。油菜花还在一心一意开着。麦子快灌浆了。

这是丰县的乡下，一个叫首羡的小镇。村庄低矮，房子三三两两，挤在一块儿，平房占大多数，红瓦盖顶，相互偎依。从一条巷道进去，野草野花，在两旁的院墙边茂密。人家的草垛子上，竟也趴着开好的小野花，撑着黄艳艳的小脸蛋，笑盈盈的。

不见多少人，青壮年都外出打工去了，村庄静悄悄的。几个妇人，在自家院落里洗洗涮涮，一些碧绿的菜蔬晾在砖堆上。想来是大葱吧。这里，家家都长大葱的，是家庭收入很大的一笔。

外人来，狗最先发现。家家都有狗，叫得兴奋。里面一声断喝，那狗委屈地“呜呜”两声，自觉没趣，摇摇尾巴，退一边去了。院门口探出头来，端着一张朴实憨厚的脸，冲着你，很不好意思地笑着，仿佛不是你惊扰了她，而是她惊扰了你。

孙厚民就是这样笑着迎出门来的。

初见他，我有点惊讶。是惊讶他脸上的那种淡定和平和。怎么会呢？来之前，我是做好心理准备，准备看一张饱经沧桑的脸的。20 多年来，它被岁月的苦难泡着，被不幸日日纠缠着，怎么说，也该是黯淡的辛苦色，苍老着，愁怨着。我甚至想好一些话来安慰，诸如，一切都会好起来的，活着就是最大的好之类的。

他伸手来握，手很有力。他笑着把我们往院子里让，嘴里说着，请家里坐，家里坐。

小院子不见特别，是乡下那种常见的小院落。泥地清扫得很干净，院子里有树，有花，有菜蔬，还有狗。他的女人“坐”在屋子前晒太阳。前阵子刚下过雨，现在出太阳了，他就抱她出来晒晒太阳。

女人短发，黑里面隐约有了点点的白。也快五十的人了。太阳光碎碎地铺在她脸上，小鱼般的跳跃着，一起跳跃着的，还有她的笑。那笑，很暖，很干净。女人的穿着亦是整齐干净的，若不是她像摆放的家什般的，“坐”那里一动不动，我还真不拿她当病人。她笑着说，坐啊，坐啊，你们请家里坐啊。说时也只嘴在动，她整个的身子，除了头能左右稍稍转动外，别的，都像被螺丝钉给固定住了。

两间小屋，算是正屋。家具简陋，桌椅和床铺，外加一张破旧的沙发。小屋的墙上，糊满年画，和孩子念书时得的奖状，花花绿绿着。孩子也只念完初中，就外出打工去了。我家这个样子，他哪能再念书呢，没钱供呢。孩子也懂事，不想念了的，孙厚民说。愧疚和心疼，让这个男人，第一次收敛起笑容，现出难过的样子。

吃饭的碗里盛着白开水，他拿这个招待我们。你们喝水呀，喝水呀——他有些羞赧。女人替他把话说了，女人说，到我们家都没好东西招待你们。

20 多年里，他们没添过一件新衣。没添过一件新家具。家里的吃喝全系在几分地上，种点粮食，种点葱，种点蒜——他也只能间或去地里转转。离开女人的时间，绝对不能长，女人实在保护不了自己。连家里养的羊都可以欺负她，拿她的手指当奶嘴啃，啃得血淋淋的。她疼，却动弹不了，只能任由小羊啃。

说起这个，孙厚民心疼得眉头紧皱，再不敢离她左右。世界就剩下小院落那么大，就剩下她。每隔两小时，他要帮她改变一下姿势，不然她会生疮的。冬天要抱她出来晒太阳，夏天要替她把扇子。一日三餐，餐餐要喂。自她患病后，他从未睡过一个整夜觉，每隔两小时就会醒过来，像上了发条的闹钟，多年来已成习惯了。

苦吗？这么问他时，他低头，只是笑。——若说不苦，还真有点假。半夜三更，他也曾泪洒枕头。可有什么办法呢？老天爷给他设了这么大一道坎，他也只能尽力迈过去。——还是庆幸了，这算不上最坏的结局，毕竟人还在。她在，世界就在。

说起从前的相识相知，他笑，她也笑。那是映在他们心头的明艳，照耀着他们一路前行。20 多年前，他高中毕业，学得电焊手艺，人又生得挺拔俊朗，是乡下后生里很出色的一个了。她也不差，姑娘里头的一枝花，人又勤快。媒人牵头，他们只一照面，就都入了彼此的眼，很快喜结连理。日子虽清苦，但两个年轻人的憧憬很丰满，他在外打工赚钱，她在家侍弄庄稼鸡羊，不愁不富起来。到时盖幢漂亮的房子，养个胖胖的娃，多美好啊！

这年年底，娃也真的来了。伴随着娃来的，却是女人的全身疼痛和瘫痪。他倾家荡产，还借了不少外债，带她走南闯北去看医生。什么民间偏方都试过。还曾学会打针，给她一打，就是三年。然最终医学上却给她判了无期，这种十几万分之一的颈肌萎缩症，至今尚无方子可寻。

认命吧。——孙厚民认了。那时他多年轻哪，才三十岁不到，狠狠心，一出门不回头，这苦难也就避开去了，他可以重辟他的好天地。可是，良心不安哪，一日夫妻百日恩啊，她已经是他的亲人了，他不能撒手不管。

这一管，就交出了一辈子。

问他，这是爱情的力量吗？这个朴实的汉子笑着连连摆手，谈不上，谈不上，只要看到她好好地在着呢，就觉得很好了。

女人跟着笑。他们都羞谈爱情。女人说，哎呀，我总是做着那样的梦，梦见我能跑能跳了。——她多想报答他，换了她来伺候他。

他把她从太阳底下抱回来，放到沙发上，给她搁好手脚，垫好靠背、枕头，打趣她，你还想跑哪里去啊。

看着他们，我眼睛微湿。我很想对他表达一下我的感动，想对他说伟大啊崇高啊什么的。结果，我什么也没说。我只是伸手抚抚女人的头，在心里默默祝福了她，你要一直一直好好的啊。因为你在，他的世界就在。

白茶花

有些故事的开头，并无奇特，寻常得就如一日三餐。

他遇她，便是如此。

她在他下班回家的必经之路上，摆摊卖炒货。他路过若干次，有时会扭头看看，有时不看。只当路过一棵树，一幢房子。

但到底落进眼睛里了，有了印象。一次，商场里相遇，他在挑衣，她也来挑衣。商场的灯光，打在她的侧脸上，柔粉一样的。让他想起月下的花蕾。他看了一眼，再看了一眼，觉得眼熟，却想不起在哪里见过。

他在脑子里盘旋了好久，终在下电梯时想起来，她是那个摆摊卖炒货的。

不知出于什么心理，隔天，他下班回家，拐去她的摊子上，买了十块钱的炒瓜子。

她低头，麻利地给他称重装袋。他不错眼地看着，她的侧脸，看上去真是温婉。她抬头，碰到他的目光，回他一个浅浅的笑，把袋子递给他，说，走好啊。

他“哦”一声。她的声音，也是好听的。

瓜子他不爱吃，他给了母亲。母亲挺奇怪的，问他，怎么突然想到买这个带回来给我？他笑笑，不做解释。

之后，他再经过那里，就很留意地看她。她的摊位上有时很忙，簇满了人。他的眼光越过人群，会看到她的侧脸，花蕾一样的。有时，她闲着，手上捧一大幅十字绣，在绣。静好得像一幅画。偶尔的抬头，目光会与他的相遇，蜻蜓点水般的，无甚特别。他想，她是不记得他的了。也只这么想想，并没有想过，他与她，会有什么交集。

日子就这样翻过很多页去，波平浪静的。那天，他去省城出差，事情办得差不多了，就到省城最热闹的街市区去逛。人群里，突然瞥见她。没错，那一低头的温婉，让他想到月下的花蕾。

她抬头，看见他，很意外地“啊”了一声，是见着老熟人的表情。

后来，她告诉他，是早就“认识”他了的。

因为，每天都看见你走过我那里啊。天天走着的，也就那么些人。她低头，笑。想一想，又说，你很特别呢，你与那些人不一样的。

他听着，很受用。有些虚荣了，追问，是怎样的不一样呢？

她答不上来，只是笑着嘟哝，不一样就是不一样嘛。

那天，她是陪要出嫁的表姐，来采购结婚用品的。表姐被一帮同学拉去玩了，她落了单，出来走走。他们一起逛了不少地方，说了不少话。傍晚，天冷，他把外套脱下来给她披。分别的时候，他执意让她先穿着，说等回家了再还。

改天，她还他衣裳。他发现，袖口上，被同事的烟头烫出一个小洞的地方，多了一朵花。是朵小茶花，白色的。一针一线绣上去的。他动了心。——他其实，早就动了心的。她那低头一笑的温婉，很出尘。

悬殊是明摆着的。他多优秀啊，家境优越，父母都在政府机关，他本人亦是名牌大学毕业，有着一份让人羡艳的工作。在婚恋对象上，他左挑右选，尚没找到合意的。她呢，不过是个乡下小丫头，不曾念过大学，跑来城里投奔亲戚，摆摊卖炒货。老家也给相了一门亲，是个搞装潢的小木匠。只等着她年底回家，就把亲事给定下来。

他们的交往，历尽艰难险阻。最后，他不惜跟家里闹翻，搬出来和她一起住。她感激他，一句许诺，重过千金，她说，这辈子，就算吃糠咽菜，我都跟定你了。

结婚才两个月，他出事了。严重的车祸。大难不死，却成了植物人。

她没有哭天抢地，只是不住地祷告上苍，谢谢，他还在。谢谢，他还在啊。

一年，两年，五年，十年，十五年，她守在他身边，不停地呼唤着他。

她早早告别了青春，变成一中年妇人。他躺在床上的容颜，却一如当年，眉目疏朗，轮廓分明。所有见到他的人，都直呼奇迹。他能活过这么多年，已是不易。更不易的是，他活得竟是这么的好，身上没有一块褥疮，肌肉没有一点点萎缩。

在他躺下的第十六个年头，他终于，慢慢苏醒。他开口说话了，梦呓般吐出两个字，茶花，茶花。那是她绣在他袖口上的茶花。还有，那是她的名字，茶花，白茶花。很俗气。却一直在他混沌的世界里，芳香着。

没有一朵菊是愁苦的。

那是因为，

菊的心里，

住着芬芳。

这世界哪怕再叫人失望，
也有一种叫美好的东西，
在暗地里生长。

黑白爱

这是几十年前的旧事了。

那个时候，他二十六七岁，是老街上唯一一家电影院的放映员。也送电影下乡，一辆破旧的自行车，载着放映的全部家当——放映机、喇叭、白幕布、胶片。当他的身影离村庄还隔着老远，眼尖的孩子率先看见了，他们一路欢叫："放电影的来喽——放电影的来喽——"是的，他们称他，放电影的。原先安静如水的村庄，像谁在池心里投了一把石子，一下子水花四溅。很快，他的周围围满了人，男的，女的，老的，少的。一张张脸上，都蓄着笑，满满地朝向他。仿佛他会变魔术，哪里的口袋一经打开，他们的幸福和快乐，全都跑出来了。

她也是盼他来的。村庄偏僻，土地贫瘠。四季的风瘦瘦的，甚至连黄昏，也是瘦瘦的。有什么可盼可等的呢？

一场黑白电影，无疑是心头最充盈的欢乐。那个时候，她二十一二岁，村里的一枝花。媒人不停地在她家门前穿梭，却没有她看上的人。

直到遇见他。他干净明亮的脸，与乡下那些黝黑的人，是多么不同。他还有好听的嗓音，如溪水丁冬。白幕布升起来，他对着喇叭调试音响，四野里回荡着他亲切的声音："观众朋友们，今晚放映故事片《地道战》。"黄昏的金粉，把他的声音染得金光灿烂。她把那声音裹裹好，放在心的深深处。

星光下，黑压压的人群。屏幕上，黑白的人，黑白的景，随着南来北往的风，晃动着。片子翻来覆去就那几部，可村人们看不厌，这个村看了，还要跟到别村去看。一部片子，往往会看上十来遍，看得每句台词都会背了，还意犹未尽地围住他问："什么时候再来呀？"

她也到处跟他后面去看电影，从这个村，到那个村。几十里的坑洼小路走下来，不觉苦。一天夜深，电影散场了，月光如练，她等在月光下。人群渐渐散去，她听见自己的心，敲起了小鼓。终于等来他，他好奇地问："电影结束了，你怎么还不回家？"她什么话也不说，塞他一双绣花鞋垫。鞋垫上有双开并蒂莲，是她一针一线，就着白月光绣的。她转身跑开，听到他在身后追着问："哎，你哪个村的？叫什么名字？"她回头，速速地答："榆树村的，我叫菊香。"

第二天，榆树村的孩子，意外地发现他到了村口。他们欢呼雀跃着一路奔去："放电影的又来喽！放电影的又来喽！"她正在地里割猪草，听到孩子们的欢呼，整个人过了电似的，呆掉了，只管站着傻傻地笑。他找个借口，让村人领着来找她。田间地头边，他轻轻唤她："菊香。"掏出一方新买的手绢，塞给她。她咬着嘴唇笑，轻轻叫他："卫华。"那是她捂在胸口的名字。其时，满田的油菜花，噼呖啪啦开着，如同他们一颗爱的心。整个世界，流金溢彩。

他们偷偷约会过几次。他问她："为什么喜欢我呢？"她低头浅笑："我喜欢看你放的电影。"他执了她的手，热切地说："那我放一辈子的电影给你看。"这便是承诺了。她的幸福，像撒落的满天星斗，颗颗都是璀璨。

他被卷入一场政治运动中，是一些天后的事。他的外公在国外。那个年代，只要一沾上国外，命运就要被改写。因外公的牵连，他丢了工作，被押送到一家劳改农场去。他与她，音信隔绝。

她等不来他。到乡下放电影的，已换了他人，是一满脸络腮胡子的中年男人。她好不容易找到机会，拖住那人问，他呢？那人严肃地告诉她，他犯事了，最好离他远点儿。她不信，那么干净明亮的一个人，怎么会犯事呢？她跑去找他，跋涉数百里，也没能见上一面。这个时候，说媒的又上门来，对方是邻村书记的儿子。父母欢喜得很，以为高攀了，赶紧张罗着给她订婚。过些日子，又张罗着结婚，强逼她嫁过去。

新婚前夜，她用一根绳子拴住脖子，被人发现时，胸口只剩一口余气。她的世界，从此一片混沌。她的灵动不再，整天蓬头垢面的，站在村口拍手唱歌。村里的孩子，和着声一齐叫："呆子！呆子！"她不知道恼，反而笑嘻嘻地看着那些孩子，跟着他们一起叫："呆子！呆子！"一派天真。

几年后，他被释放出来，回来找她。村口遇见，她的样子，让他泪落。他唤："菊香。"她傻笑地望着他，继续拍手唱她的歌。她已不认识他了。

他提出要带她走。她的家人满口答应，他们早已厌倦了她。走时，以为她会哭闹的，却没有，她很听话地任他牵着手，离开了生她养她的村庄。

他守着她，再没离开过。她在日子里渐渐白胖，虽还混沌着，但眉梢间，却多了安稳与安详。又几年，电影院改制，他作为老职工，可以争取到一些补贴。但那些补贴他没要，提出的唯一要求是，放映机归他。谁会稀罕那台老掉牙的放映机呢？他如愿以偿。

他搬回放映机，找回一些老片子，天天放给她看。家里的白水泥墙上，晃动着黑白的人，黑白的景。她安静地看着，眼光渐渐变得柔和。一天，她看着看着，突然喃喃一声："卫华。"他听到了，喜极而泣。这么多年，他等的，就是她一句唤。如当初相遇在田间地头上，她咬着嘴唇笑，轻轻叫："卫华。"一旁的油菜花，开得噼呖啪啦，满世界的流金溢彩。

这世上，
谁能说比谁更优越呢？
你有你的盛开，
他有他的繁华。

人生有时真的不过浮梦一场，
终归于寂寂与寥寥。

如果蚕豆会说话

二十一岁，如花绽放的年纪，她被遣送到遥远的乡下去改造。不过一瞬间，她就从一个幸福的女孩子，变成了人所不齿的“资产阶级小姐”。那个年代有那个年代的荒唐，而这样的荒唐，几乎改变了她的一生。

父亲被批斗至死。母亲伤心之余，选择跳楼，结束了自己的生命。这个世上，再没有疼爱的手，可以抚过她遍布伤痕的天空。她蜗居在乡下一间漏雨的小屋里，出工，收工，如同木偶一般。

最怕的是田间休息的时候，集体的大喇叭里播放着革命歌曲，“革命群众”围坐一堆，开始对她进行批判。

她低着头，站着。衣服不敢再穿整洁的，她和他们一样，穿带补丁的。发不也再留长的，她忍痛割爱，剪了。她甚至有意站毒日头下晒着，她要晒黑她白皙的皮肤。她努力把自己打造成贫下中农中的一员。一个女孩子的花季，不再明艳。

那一天，歇晌，脸上长着两颗肉痣的队长突然心血来潮，把大家召集起来，说革命出现了新动向。所谓的新动向，不过是她的短发上，别了一只红色的发卡。那是母亲留给她的唯一遗物。

队长粗暴地让人从她的发上，强取下发卡。她第一次反抗，泪流满面地争夺。那一刻，她像一只孤单的雁。

这个时候，突然从人群中跳出一个身影来，他不管不顾地冲上前去，从队长手里抢过发卡，交到她手里。一边用手臂护着她，一边对着周围的人愤怒地“哇哇”叫着。

所有的喧闹，一下子静下来，大家面面相觑。一会儿之后，又都宽容地笑了，没有人跟他计较。一个可怜的哑巴，从小被遗弃在村口，是吃百家饭长大的，长到三十岁了，还是孑然一身。谁都把他当做可怜的人。

队长也不跟他计较，挥挥手，让人群散了。他望望她，打着手势，意思是叫她安心，不要怕，以后有他保护她。她看不懂，但眼底的泪，却一滴一滴滚下来，珍珠似的，砸在脚下的黄土里。

他看着泪流不止的她，手足无措。忽然从口袋里，掏出一把炒蚕豆来，塞到她手里。这是他为她炒的。不过几小把，他一直揣在口袋里，想送她，却望而却步。她是他心中的神，如何敢轻易接近？ 这会儿，他终于可以亲手把蚕豆交给她了，他满足地搓着手“嘿嘿”笑了。

她第一次抬眼打量他。长脸，小眼睛，脸上布满岁月的风霜。这是一个有些丑丑的男人，可她眼前，却看到一扇温暖的窗打开了。是久居阴霾里，突见阳光的那种暖。

从此，他像守护神似的跟着她，再没人找她的麻烦，因为他会为她去拼命。谁愿意得罪一个可怜的哑巴呢？谁也不愿意的。她的世界，变得宁静起来。她甚至，可以写写日记，看看书。重的活，有他帮着做。漏雨的屋，亦有他帮着补，有了他，她不再惧怕夜的黑。

他对她的好，所有人都明白，她亦明白。却从不曾考虑过要嫁给他。这怎么可能呢？她虽身陷泥淖，心底的那一份高傲却从不曾丢。她相信，总有一天，她会重新飞走。

邻居阿婶想做好事，某一日，突然拉住收工回家的她，说："不如就做了他的媳妇吧，以后也有个知冷知热疼你的人。"她愣住。转身看他，他拼命摇头，脸涨得通红。

这之后，他看见她，远远就避开走。她明白他的好意，是不想让她难做。这反倒让她改变了心意，邻居阿婶再撮合这桩亲事时，她点头答应了。是想着委屈的吧，在嫁他的前一天，她跑到没人的地方，大哭一场。

他们的婚姻，开始在无声里铺排开来，柴米油盐，一屋子的烟火熏着。他不让她干一点点重活，甚至她换下的内衣，都是他抢了洗，她在烟火的日子里，渐渐白胖。

这是幸福吧？有时她想。眼睛眺望着遥远的南方，那里，是她成长的地方。如果生活里没有变故，那么她现在，一定坐在钢琴旁，弹着乐曲唱着歌。或者，在某个公园里，悠闲地散着步。她摊开双手，望见修长的手指上，结着一个一个的茧。不再有指望，那么，就过日子吧。

他们一直没有孩子。但这不妨碍他对她的好，晴天为她挡太阳，阴天为她遮风雨。村人们感叹，这个哑巴，真会疼人。她听到，心念一转，有泪，点点滴滴，洇湿心头。这辈子，别无他求了。

生活是波平浪静的一幅画，如果后来她的姨妈不出现，这幅画会永远悬在他们的日子里。她的姨妈，那个从小去了法国，而后留在了法国的女人，结过婚，离了，如今孤身一人。老来想有个依靠，于是想到她，辗转打听到，希望她能过去，承欢左右。

这个时候，她还不算老，四十岁不到呢。她还可以继续她年轻时的梦想，比如弹琴，或绘画。她在这两方面都有相当的天赋。

姨妈却不愿意接受他。照姨妈的看法，一个一贫如洗的哑巴，她跟了他十来年，也算对得起他了。他亦是不肯离开故土。

她只身去了法国。在法国，她常伴着咖啡度夕阳，生活优雅娴静。这些，是她梦里盼过多少次的生活啊，现在，都来了，却空落。那一片天空下，少了一个人的呼吸，终究有些荒凉。一个月，两个月……她好不容易挨过一季，她对姨妈说，她该走了。

再多的华丽，亦留不住她。

她回家的时候，他并不知晓，却早早等在村口。她一进村，就看到他瘦瘦的身影，没在黄昏里，仿佛涂了一层金粉。或许是感应吧，她想。

其实，哪里是感应？从她走后，每天的黄昏，他都到路口来等她。

没有热烈的拥抱，没有缠绵的牵手，他们只是互相看了看，眼睛里，有溪水流过。他接过她手里的大包小包，让她空着手跟在后面走。到家，他把她按到椅子上，望着她笑，忽然就去搬出一个铁罐来，那是她平常用来放些零碎小物件的。他在她面前，陡地扳倒铁罐，哗啦啦，一地的蚕豆，蹦跳开来。

他一颗一颗数给她看，每数一颗，就抬头对她笑一下。他数了很久很久，一共是九十二颗蚕豆，她在心里默念着这个数字。九十二，正好是她离家的天数。

没有人懂。唯有她懂，那一颗一颗的蚕豆，是他想她的心。九十二颗蚕豆，九十二种想念。如果蚕豆会说话，它一定会对她说，我爱你。那是他用一生凝聚起来的语言。

九十二颗蚕豆，从此，成了她最最宝贵的珍藏。

我要为你吹一世的横笛

她走近他的时候，正是他人生最不堪的时候，先是父亲被批斗致死，接着母亲疯了，失足坠楼而亡，他亦被下放到一个偏远的小山村。新婚妻子敌不过这样的变故，跟他划清界限，远他而去。原本热热闹闹的一个家，顷刻间，没了。

雪落。他一个人，爬到白雪覆盖的小山坡上，想悲惨人生，想到痛处，忍不住放声大哭。突然身后有人唤他："哎——"他回头，看见她鼻尖冻得通红，肩上落满雪花。

"你不要哭，真的，不要哭。"她有些语无伦次，"我相信，你不是坏人。"她眼睛亮亮地看着他。

他冻僵的心，突然回暖，漫天漫地的雪花，有了温度。

他知道了她叫英子，19 岁，家里有兄妹五个，她排行老二，没念过书。她知道了他原是大学里的音乐老师，遂有些得意地说："我就说嘛，你不是坏人。"他笑了，反问她："怎么不是？”她脸红了，低了头吃吃笑，说：“看上去不像嘛。”

隔两天，她跑来找他，脑后粗黑的长辫子不见了，代之的，是一头碎发。她脸红扑扑地对他说：“我要送你一件礼物。”他还在发愣，一支绛色的笛子，已举到他跟前。她说：“你是音乐老师，你一定会吹笛子的，一个人的时候，吹吹，解解闷。”

原来，她跑集镇上去，卖掉她的长辫子，换来一支笛子。他问：“为什么要这样做？”她答：“我喜欢读书人呀。”他黯然，说：“傻姑娘，我会连累你的。”她说：“不怕，你不是坏人。”

他们相爱了。流言飞语顿起，都说是他勾引她的。村里召开批判大会，把他押到台上。她出人意料地跳上台，憋着一张通红的小脸，对底下激愤的人群说：“我喜欢他，我要嫁给他！”

这不啻一磅重弹，炸得人们一愣一愣的。震惊与阻挠，一时间汹涌澎湃。那时候，小山村人们的思想观念还相当落后，男婚女嫁，都讲究父母之命媒妁之言，哪里有大姑娘自个儿追男人的？有人骂：不要脸，真不要脸。后来许多人骂：不要脸，真不要脸。她亦是不在意的，昂着头，像个勇士。

她的父母，迫于外界压力，速速替她寻了一山里汉子，要她嫁过去。她拿一把菜刀架到自己脖子上，说：“除非我死！”

如此的千辛万苦，他们终于生活到一起。结婚那天，没有鞭炮齐鸣，甚至连一句祝福的话也没有的。母亲偷偷塞给她五块钱，抹着眼泪说：“丫头，以后过好过孬都不要怪娘。”

她却是满足的、幸福的，两个人的灯下，他为她吹了一夜的笛。

八年后，落实政策，他平反，回城，重返校园。她在村人们羡慕的眼光里，跟着他进了城，却与一个城格格不入。她不会说普通话，冒出的土疙瘩语，常让城里人侧目。他们家里，进进出出的，也都是些衣着鲜亮的人，他们谈论什么贝多芬、肖邦，神采飞扬。这时候，她只有发呆的份儿。和他一起走在大学校园里，她是那样卑微的一个，脸上一直挂着谦卑的笑，别人却还不待见。她终于待不住了，闹着要回去，回到她的小山村。

她真的回去了。这期间，他的事业如日中天，他被许多大学请去开音乐讲座，身边不乏优秀女子的追逐。要好的朋友劝他，还是跟乡下的那个分手吧，她不配你的。他不是没有过动摇，且她又不愿到城里来，两个人如此分居着，终不是个长久。再回去，他试着跟她说："我可能，回不来了。"她心里不是不明白，却说："随便你，你怎么说，我都听你的。"却在他临走时，找出那支笛子给他，关照说："一个人的时候，吹吹，解解闷。"

意外是在她送他回城的路上发生的，一辆刹车失灵的大卡车，突然冲向他们，她眼疾手快，迅速把他往外一推，自己却被撞飞，当场昏死过去。

七天七夜后，她醒过来，人却变得痴呆。医生说，她的脑子受了重创，要恢复，难。

他没有再回城，因为他知道，她喜欢的是乡下，在乡下，她才能活得舒展。他陪伴着她，叫她英子。乡村的风，吹得漫漫的，门前的空地上，长着她喜欢的大丽花。太阳好的时候，他把她抱到太阳底下，给她吹笛子。他说："英子，当年，你真勇敢啊，你跳上台，对着那些人说，你喜欢我，你要嫁给我。"说到这里，他笑出泪来，而她的眼角，似乎也有泪流。

他再不曾离开她。和他们同在的，还有当年的那支笛子。

咫尺天涯，木偶不说话

“她”叫红衣。

“他”叫蓝衣。

他们从“出生”起，就同进同出，同卧同眠。简陋的舞台上，“她”披大红斗篷，葱白水袖里，一双小手轻轻弹拨着琴弦。阁楼上锁愁思，千娇百媚的小姐，想化作一只鸟飞。“他”呢，一袭蓝衫，手里一把折扇，轻摇慢捻，玉树临风，是赴京赶考的书生。湖畔相遇，花园私会，缘定终身。秋水长天，却不得不离别。“她”盼“他”归，等瘦了月亮。“他”金榜题名，凤冠霞帔回来娶“她”，有情人终成眷属。观众们长舒一口气。剧终。“她”与“他”，携手来谢幕，鞠一个躬，再鞠一个躬。舞台下掌声与笑声，同时响起来，哗啦啦，哗啦啦。

那时，“她”与“他”，每天都要演出两三场，在县剧场。

木椅子坐上去咯吱吱，头顶上的灯光昏黄黯淡。绛红的金丝绒的幕布徐徐拉开，舞台上亮堂堂的。戏就要开场了。小小县城，娱乐活动也就这么一点儿，大家都爱看木偶戏。工厂包场，学校包场，单位包场。乡下人进城来，也都来赶趟热闹。剧场门口卖廉价的橘子水，还有爆米花。有时也有红红绿绿的气球卖。进场的孩子，一人手里拿一只，高兴得不得了。

幕后，是她与他。一个剧团呆着，他们配合默契，天衣无缝。她负责红衣，她是“她”的血液。他负责蓝衣，他是“他”的灵魂。全凭着他们一双灵巧的手，牵拉弹转，演绎人间万般情爱，千转万回。一场演出下来，他们的手臂酸得发麻，心却欢喜得开着花。木盒子里，她先放进红衣，他把蓝衣跟着放进去，让“他们”并排躺着。他在“他们”脸上轻抚一下，再轻抚一下。她在一边看着笑，他抬头，回她一个笑，默契得无需多说一句话。

彼时，年华正好。她人长得靓丽，歌唱得不俗，在剧团被称作金嗓子。他亦才华横溢，胡琴拉得出色，木偶戏的背景音乐，都是他创作的。让人遗憾的是，他生来聋哑。他丰富的语言，都给了胡琴，给了他的手。他的手，白皙修长，注定是拉胡琴和演木偶戏的。她的目光，常停留在他那双手上，在心里面暗暗叹，好美的一双手啊。

在一起演出久了，不知不觉情愫暗生。他每天提前上班，给她泡好菊花茶，等着她。小朵的杭白菊，浮在水面上，浅香绵远，是她喜欢的。她端起喝，水温刚刚好。她常不吃早饭就来上班，他给她准备好包子，有时会换成烧饼。与剧场隔了两条街道，有一家周二烧饼店，做的烧饼很好吃。他早早去排队，买了，里面用一张牛皮纸包了，牛皮纸外面，再包上毛巾。她吃到时，烧饼还是热乎乎的，像刚出炉的样子。

她给他做布鞋。从未动过针线的人，硬是在短短的一周内，给他纳出一双千层底的布鞋来。布鞋做成了，她的手指，也变得伤痕密布，——都是针戳的。

这样的爱，却不被俗世所容，流言飞语能淹死人，都说好好一个女孩子，怎么爱上一个哑巴呢，两人之间的关系肯定不正常。她的家里，反对得尤为激烈。母亲甚至以死来要挟她。最终，她妥协了，被迫匆匆嫁给一个烧锅炉的工人。

日子却不幸福。锅炉工人高马大，脾气暴躁。贪酒杯，酒一喝多了就打她。她不反抗，默默忍受着。上班前，她对着一面铜镜理一理散了的发，把脸上青肿的地方，拿胶布贴了。出门有人问及，她淡淡一笑，说，不小心磕破皮了。贴的次数多了，大家都隐约知道内情，再看她，眼神里充满同情。她笑笑，装作不知。台上红衣对着蓝衣唱："相公啊，我等你，山无陵，江水为竭。冬雷震震，夏雨雪，天地合，乃敢与君绝。"她的眼眶里，慢慢溢出泪，牵拉的手，上上下下，左左右右。心在那一条条细线上，滑翔跌宕，疼得慌。

他见不得她脸上贴着胶布。每看到，浑身的肌肉会痉挛。他烦躁不安地在后台转啊转，指指自己的脸，再指指她的脸，意思是问，疼吗？她笑着摇摇头。等到舞台布置好了，回头却不见了他的人影。去寻，却发现他在剧场后的小院子里，正对着院中的一棵树擂拳头，边擂边哭。她站在两米外，心里的琴弦，被弹拨得咚咚咚。耳畔响起红衣的那句台词："冬雷震震，夏雨雪，天地合，乃敢与君绝。"

白日光照得着两个人。风不吹，云不走，天地绵亘。

不是没有女孩喜欢他。圆脸，一笑，嘴两边现出两个浅浅的酒窝。那女孩常来看戏，看完不走，跑后台来看他们收拾道具。她很中意那个女孩，认为很配他。有意撮合，女孩早就愿意，说喜欢听他拉胡琴。他却不愿意。她急，问，这么好的女孩你不要，你要什么样的？他看着她，定定的。她脸红了，低头，佯装没懂，嘴里说，我再不管你的事了。

以为白日光永远照着，只要幕布拉开，红衣与蓝衣，就永远在台上，演绎着他们的爱情。然而某天，剧场却冷清了，无人再来看木偶戏。出门，城中高楼，一日多于一日。灯红酒绿的繁华，早已把曾经的"才子"与"佳人"淹没了。剧场经营不下去了，先是把朝街的门面租出去，卖杂货卖时装。他们进剧场，要从后门走。偶尔有一两所小学校，来包木偶戏给孩子们看。孩子们看得索然无趣，他们更愿意看动画片。

剧场就这样，冷清了。后来，剧场转承给他人。剧团也维持不下去了，解散了。解散那天，他执意要演最后一场木偶戏。那是唯一一场没有观众的演出，他与她，却演得非常投入，牵拉弹转，分毫不差。台上红衣唱："冬雷震震，夏雨雪，天地合，乃敢与君绝。"她和他的泪，终于滚滚而下。此一别，便是天涯。

她回了家。彼时，她的男人也失了业，整日窝在十来平方米的老式平房里，喝酒浇愁。不得已，她走上街头，在街上摆起小摊，做蒸饺卖。曾经的金嗓子，再也不唱歌了，只高声叫卖，蒸饺蒸饺，五毛钱一只！

他背着他的胡琴，带着红衣蓝衣，做了流浪艺人。偶尔他回来，在街对面望她。阳光打在她的蒸饺摊子上，她在风中凌乱了发。他怅怅望着，中间隔着一条街道。咫尺天涯。

改天，他把挣来的钱，全部交给熟人，托他们每天去买她的蒸饺。他舍不得她整天站在街头，风吹日晒的。就有一些日子，她的生意，特别的顺，总能早早收摊回家。——他能帮她的，也只有这么多。

入冬了。这一年的冬天，雪一场接一场地下，冷。她抗不住冷，晚上，在室内生了炭炉子取暖。男人照例地喝闷酒，喝完躺倒就睡。她拥在被窝里织毛线，是外贸加工的。冬天，她靠这个来养家糊口。不一会，她也昏昏沉沉睡去了。

早起的邻居来敲门，她在床上昏迷已多时。送医院，男人没抢救得过来，当场死亡。她比男人好一些，心跳一直在。经过两天两夜的抢救，她活过来了。人却痴呆了，形同植物人。

起初，还有些亲朋来看看她，在她床前，叫着她的名字。她呆呆地看着某处，脸上无有表情，不悲不喜。——她不认识任何人了。大家看着她，唏嘘一回，各自散去，照旧过各自的日子。

没有人肯接纳她，都当她是累赘。她只好回到八十多岁的老母亲那里。老母亲哪里能照顾得了她？整日里，对着她垂泪。

他突然来了，风尘仆仆。不过五十岁出头，脸上身上，早已爬满岁月的沧桑。他对她的老母亲“说”，把她交给我吧，我会照顾好她的。

她的哥哥们得知，求之不得，让他快快把她带走。他走上前，帮她梳理好蓬乱的头发，给她换上他给她买的新衣裳，温柔地对她“说”，我们回家吧。三十年的等待，他终于可以在光天化日之下，牵起她的手。

他再没离开过她。他给她拉胡琴，都是她曾经喜欢听的曲子。小木桌上，他给她演木偶戏，他的手，已不复当年灵活，但牵拉弹转中，还是当年好时光：悠扬的胡琴声响起，厚重的丝绒幕布缓缓掀开，红衣披着大红斗篷，蓝衣一袭蓝衫，湖畔相遇，花园私会，眉眼盈盈。锦瑟年华，一段情缘，唱尽前世今生。

我用我的明媚等着你

她是我在住院时认识的。因阑尾发炎，我住了一些日子的医院。一个病房同住的，是她和她的丈夫。一次意外的交通事故，她的丈夫，被撞成重伤。经过抢救伤好了，人却沉睡不醒。医生说，可能要变成植物人。

这样的灾难掉到谁身上，谁都要呼天抢地一番。从此，愁云笼罩，天崩地塌，生活中再没有欢乐。我见到她时，委实吃了一惊，她太时髦太漂亮了。初冬的天，她一袭薄呢裙，脸上化着淡妆，口红却抹得鲜艳，像朵开得正好的花。长头发盘在头上，刘海儿鬈鬈的，覆在额前。显然经过精心打理。

她在病房里唱歌，唱得很欢快。她讲很多的趣闻，说到开心处，兀自大笑不已。大家看她的眼神，就有些怪怪的。背后没少议论，说这个女人的没心没肺，丈夫都这个样子了，她还有心思打扮说笑。也预言，用不了多久，她肯定会抛夫另嫁。她有这个条件，人长得好看，也还年轻。据说，还有一份不错的工作。大家对睡在病床上、毫无知觉的她的丈夫，便抱了极大同情，不停感叹，夫妻本是同林鸟，大难临头各自飞。

倒是她，仿佛对眼前的不堪视而不见。每天，她总要抽出一些时间，溜出医院去。回来时，手里准会带回一些“宝贝”——淘来的衣，丈夫的，她的。或一些打折的首饰。或者，搬一盆花回来，一路灿烂着。花被她安放在病房的窗台上，精神抖擞地开着，红红黄黄，把一个病房，映得水红粉黄。

午后时光，人犯困。她把淘来的“宝贝”们披挂在身，在我跟前走T型台步，脸却朝向她的丈夫，频频笑问，你看我漂亮吗？很漂亮的是不？她的丈夫自然没有反应，她却乐此不疲地走着她的T型台步，乐此不疲地问着这些话。

深夜，我一觉睡醒，发现她不在病房内。我推开阳台的门，看见她坐在阳台上，望天。月到中天，淡淡的月光，在她身上，镀一层银光。她看上去，像幽暗深处的瓷器，闪着清冷的光。她听到门响，转过脸来，我看到，一对“明月珠”，坠在她的腮旁。她在哭。

我愣住。她的苦痛，原是藏在深夜里，藏在无人处。她抱歉地对我说，吵醒你了？我说，没。也只能这样安慰她，他会醒过来的，一定会的。

她伸手抹抹眼睛，笑了，说，我知道他会醒的。他喜欢我打扮得漂漂亮亮的，他喜欢我开开心心的，所以，我要打扮得好看些，等他醒过来。

为之动容。再看月下的她，身上就有了圣洁的光芒，绵长绵长的。

两星期后，我出院。她送我到医院门口，把一款淘来的挂件，塞到我手里。告诉我，配了怎样的线衣，会好看。她像对我说，又像对她自己说，无论什么时候，都要漂亮啊，这样才会有好心情，好好活。

这以后，也偶有联系，我打电话去，或她打电话来。每次电话里，她都兴高采烈地向我描绘，她穿什么衣了，她戴什么首饰了，她又淘到什么好宝贝了。我的眼前，便晃着一个年轻的女子，刘海儿鬈鬈的，口红抹得像朵盛开的花。她漂亮得让人仰视。

春暖花开时，我把她给的挂件找出来，戴上。配了她说的那种颜色的衣服，果然漂亮。她的电话，在这时突然响起，她喜极而泣地告诉我，他醒了。

我愣一愣，笑了。这是我意想中的结果。我从来不曾怀疑过，她一定会用她的明媚，唤醒他。因为生命真正的奇迹，在于不放弃，努力活。

这世上，
没有一场相遇，
是辜负。

这世上，

总有什么，

能碰触到我们内心的柔软。

怜取眼前人

陈果是在一个叫“半江月”的茶楼上，看到莫宛心的。

之前，他和女友苏嫣在江边走了大半天，苏嫣走得腿酸，撒娇地要他背，他左右看看，很为难。然后，就瞥见了“半江月”的招牌。他几乎在一瞬间心动了，想，怎么不叫一江月呢？随即又否定了自己的设问，若是叫了一江月，哪里还有半点韵味。他对苏嫣说，我们上去坐坐吧。苏嫣嘟着嘴，很不乐意，苏嫣说，你耍赖，你就是不想背我。

二楼，木质的楼梯扶摇直上。几张古色古香的茶桌，倚窗而放。窗下，是江。水清得发绿，倒映着两岸楼阁。水面上舟来楫往，十分繁忙。不时有山歌，顺水飘过来，甜得发腻。

茶楼上，却是安静的。几无客人，除了莫宛心。陈果一眼就看见了莫宛心，他心里掠过一丝奇异的感觉，是被莫宛心那种独特的气质，惊着了。照理说，他在大学里任教，整日里穿花拂柳的，也算阅尽颜色了。但莫宛心不同，她让他想到高山雪莲之类的比喻。很俗的比喻。他嘴角牵起一丝笑，嘲笑自己。其实莫宛心这天的穿着并无特别，一袭麻质的天蓝色裙子，长发，临窗坐着，脸微侧，望着窗外边的江。或许她不是望江，她只是无意识地望着外面，她陷在她自己的世界里，落寞，孤清，又有着几分倔强。

系着蓝印染花布头巾的两个小姑娘，低头在吧台后面配茶叶，看见陈果他们进来，赶忙走出来打招呼。两位好啊，两位想喝什么茶？想吃点什么点心？小姑娘手脚麻利，茶水单子已递上来。

陈果和苏嫣也坐到窗边，与莫宛心隔了一张桌。陈果面朝着莫宛心这边，苏嫣背对着莫宛心。陈果看一眼莫宛心的跟前，只有一杯菊花茶。他便和苏嫣也各点了一杯菊花茶，又点了几样小点心。苏嫣还在闹，纠缠着刚才的事，问陈果，你说，你说，你是不是不想背我？你以前不是这样的。

陈果说，哪有的事？吃点心吧，走了这么多的路，你也饿了吧？说着，把一块饼干塞到苏嫣嘴里。

他们说话的当儿，莫宛心转过脸来，对他们这边看了一下。随即又转脸望向窗外。面前一杯菊花茶，大概早已凉了。小姑娘走过去，很体贴地问，姐姐，要不要帮你换一杯热茶？莫宛心摇摇头，不用，谢谢。声音里浮荡着空山新雨的气息。对，陈果就是在心里这么评价她的。他在大学里教心理学，这会儿，他犯了职业病了。他暗暗揣度着莫宛心的职业，他想，她应该是搞音乐的，她整个人，就像音符。

苏嫣一直在叨叨，听不到陈果的回应，她终抬了头，看到陈果在发呆，她很不满，哎，陈果，你到底在想啥？我要去上海，你偏不让，上海多好玩啊，我们还可以逛逛商场，买点结婚所需的东西。在这里除了看一条破江，还有什么！

陈果淡淡一声，别闹了，喝茶罢。他端起茶杯，一口气灌下去，心里有点恼，也不知恼什么。莫宛心转过脸来，似乎无意识地瞟了这边一眼，陈果的心，就剧烈地跳起来。他也不知道他这是怎么啦。这是他从未有过的感觉。真见鬼了！他在心里骂自己，伸手握住苏嫣的手，口不对心地说，等回去后，你想去上海，我们就一起去吧。

莫宛心没再看他们，她低头，在一张纸上写着什么。陈果这才留意到，这个茶楼内的几根装饰柱上，贴满了游客们留下的小纸条。陈果也拿过桌上的纸，想写点什么，但最终什么也没写。苏嫣抢过他手里的纸笔，嘻嘻哈哈在纸上画了一只小猫，和一只小狗。小猫旁写着，陈果。小狗旁写着，苏嫣。配了文字：陈果永远爱苏嫣！她举着画好的画，给陈果看。陈果，我要这条江见证你爱我，苏嫣说。

莫宛心把写好的纸条，粘到桌旁的柱子上，就走了。陈果把苏嫣写的留言条，也贴过去。他借机看了一下莫宛心写的，莫宛心居然在上面画了窗外的江，三笔两画，那江的神韵就给勾勒出来了。旁边留有一行娟秀的字：

宇，我愿为你，再等千年。莫宛心。

陈果只看一遍，就记住了。后来，他一整天都在想这句话。

陈果入住的客栈，临江。站阳台上望过去，对岸檐下一排红灯笼，像是黑夜里开出的花朵。歌声这边飘，那边摇。夜晚的江，是沸腾的。

苏嫣对这客栈很满意，她伏在窗口，冲着对岸招手，欢叫。陈果看着她欢乐的样子，心里面也有了几分欢乐。隔壁突然传出箫声，是一曲《梅花三弄》，箫声荡气回肠。陈果有一段时期爱玩些乐器，箫也没少碰过。这曲《梅花三弄》亦是他经常吹的。

苏嫣不满，谁呢，吵人呢。

箫声随即停下。

陈果借口屋内闷，要苏嫣陪他出外走走。路过隔壁，他注意看了看，很遗憾，门是紧闭的。吹箫的人在房内，他看不到。下楼，他装着不在意地问老板娘，我们隔壁也住人哪？

老板娘热情地说，才住进来的，是个姑娘，不会吵着你们吧？

苏嫣意味深长地看陈果一眼，摇摇头，笑笑，跳到门外去了。

在外面逛一圈回来，苏嫣买了很多吃的，让陈果提着。再路过隔壁房间，门还是紧闭的，听不到一点声响。

半夜，苏嫣睡着了，一个大月亮，在窗外探着头。陈果起床，去阳台上望月。他无意中瞥一眼隔壁阳台，居然看到白天那个熟悉的身影。没错，是莫宛心！那会儿，莫宛心也在望月。

陈果想也没想，轻轻冲那边“嗨”了声。莫宛心转过脸来，看到他，稍稍一愣，轻轻回他一声“嗨”。

陈果不知道说什么好了，正思量着，听到苏嫣在房内叫，陈果。陈果应一声，我在呢。莫宛心笑了，冲他点点头，进房间去了。陈果望着那面少了莫宛心的阳台，就这样望了一会儿，也进房去了。

翌日晨，陈果起晚了。他走出房间时，隔壁的门已大开，里面空无一人，床上的被褥，叠得整整齐齐。

陈果在门口探了一下头。苏嫣在后面笑他，陈果，你看什么呢？你想艳遇啊？

陈果被说中心思似的，一下子红了脸，他掩饰地抽抽鼻子，嗔道，你瞎说什么呢！

逛古街。一个倒扣着的大酒瓮，非常入得画。陈果让苏嫣站过去，以那个为背景。他举起手里的相机，突然在镜头里，发现了一个人的身影。没错，是莫宛心。今天她换了一条民族风的裙子，那么热闹的裙子，穿在她身上，却自有凛冽的一面。她路过他的镜头，就像蜻蜓轻轻点过水面，倏忽不见。

陈果正发愣，苏嫣叫起来，陈果，我都摆半天姿势了，你到底拍好了没有？！

哦，拍好了。陈果把莫宛心的那一页，赶紧翻过去，给苏嫣拍了一张。

晚饭后，陈果和苏嫣回到客栈。隔壁房间已换了人，住了一对年轻的夫妇，带了一个五六岁的小男孩，小男孩很吵人。

苏嫣却喜欢得很，拿了许多好吃的，跑去逗那个小男孩。她一脸向往地对陈果说，陈果，将来，我们也生一个这么可爱的小孩，取名叫陈小果。

陈果笑了一下，情绪却寡寡的。

苏嫣说，怎么，你不喜欢啊？

陈果说，喜欢。语气淡淡的，心不在焉的。他躺下，拿一本杂志盖了脸，说，我累了，想睡一会儿。

苏嫣生气了，一把掀掉他脸上的杂志。苏嫣说，陈果，你什么意思啊？这两天你一直这个样子，你不高兴就不要陪我出来啊。

陈果起初还忍耐着听，后来苏嫣越说越激动，嘤嘤哭起来。陈果想哄哄她，却又提不起劲，他“呔”一声，在室内手足无措转了两圈，拉开门，下楼去了。楼下，老板娘正在吃晚饭，看见他，亲热地招呼他吃。又问，怎么你一个人出去？陈果勉强一笑，哦，我出去买点东西。

出门，顺着江边走。江边聚集着很多人，在放莲花灯。一盏盏莲花灯，载着的尘世的美好祝愿，顺江飘远。陈果突然生出无趣来，想他一生，好像都是被人设计好了的，全然没有自己的主。读书、上大学、工作，无一不是。就连找对象，也是母亲一手安排的。苏嫣是母亲同事的女儿，母亲跟那同事要好，很喜欢苏嫣。他不能不听母亲的话，从小父母离异，是母亲把他拉扯大的。

陈果坐到江边的一块石头上，江上多斑斓，身边多斑斓，只他，没有斑斓。突然，一阵箫声飘过来，又是那曲《梅花三弄》。他的心狂跳起来，站起来，循着箫声找过去，一棵柳树下，坐着莫宛心。

他装作不经意经过那里，他叫，嗨，莫宛心。

莫宛心抬头，没有表现出一丝的惊诧，她淡淡笑，陈果，这么巧？

陈果大大吃了一惊，原来，她也是留意他的。他坐下来，有些不好意思地解释，我是在茶楼看你留下的留言条上，知道你的名字的。

莫宛心点点头，问，你女朋友呢？

她，是我母亲同事的女儿，陈果不知为什么突然冒出这么一句。

哦，你们真般配。莫宛心笑。

陈果便有些尴尬。他岔开话题，说，我还给你拍了一张照呢，白天，在街上，在一个倒立的古瓮旁。

是吗？莫宛心说。

两个人随意聊起来，聊到音乐、美术、心理学，话题竟有着太多的共同。如陈果所猜，莫宛心果真是音乐学院毕业的。陈果说，我也玩过音乐呢。他借过莫宛心的箫，当场吹了一首《梅花三弄》。莫宛心点头赞，吹得很像专业出身的呢。

月亮升到头顶了，江边的游人，一个一个散去。夜凉了。陈果说，莫宛心，你住什么地方？我送你回去吧。

莫宛心笑着拒绝了，我想再坐一会儿，等天亮。

陈果觉得好笑，你若喜欢这条江，可以明天白天再来看，没必要在这里坐一夜吧？

莫宛心说，我明天一早就要离开了。

陈果一惊，脱口而出，这么快？

莫宛心说，想听故事吗？她不看陈果，她的眼里，流淌着一条江。

两年前，她的男朋友宇，进了这条江里漂流，再也没有走出来。

他平时就喜欢玩漂流，他说，等他这一次漂流结束了，他就回家娶我。

他喜欢这条江，莫宛心说。

陈果不知说什么好了。他发了一回子呆，就很自然地伸过手去，揽住莫宛心的肩。莫宛心没有动，他们保持着那个姿势，很久。

天亮了，莫宛心跟陈果道别。她把手上的箫，送给了陈果。她的手指，凉凉地滑过陈果的掌心，凉得让陈果心疼。

她走，陈果看着她，突然忍不住叫一声，莫宛心。

莫宛心没有回头，而是在背后冲他摇摇手，陈果，再见。

陈果跟苏嫣提出分手。苏嫣红着眼睛问，为什么？陈果说，我找不到爱的感觉。

母亲得知，气得要跟陈果断绝母子关系。母亲说，你不跟苏嫣好好结婚，我就没你这个儿子！

这时候，单位刚好有一个公派名额，要到国外深造，时间一年。陈果争取到了，他以这个为借口，离开了家。

苏嫣这回表现得很平静，除了偶尔的电话问候外，只字不提她与他的事。倒是母亲在电话里，不断地跟他夸苏嫣懂事，他不在的时候，都是苏嫣来陪她。陈果不是没有歉意，但一看见那支箫，他就又硬起心肠来。

一年后，陈果回国，他谁也没告诉，第一站，就奔去了古城。他思念那条江，思念那句话：我愿为你，再等千年。

“半江月”茶楼已改成酒楼。未到饭时，客少，酒楼的老板娘在楼下择菜，一边与对门的女人拉家常。看见陈果站在楼下朝上张望，赶紧过来招呼，您请上去坐吧，菜您随便挑，很快就会给您做好。

陈果举着手里莫宛心的照片问，您有没有看见这样的一个女孩来过？

老板娘奇怪地看他一眼，你找人啊？没看到。

陈果谢过老板娘，怅怅地转身，在江边走一圈。江还是去年样，水清得发绿，倒映着两岸楼阁。水面上舟来楫往，十分繁忙。不时有山歌，顺水飘过来，甜得发腻。他心里，却是寂寥得很了。

他去了原来的客栈。客栈的老板娘还认得他，一见他，“哎呀”叫了一声，说，你女朋友已在这儿等你好几天了。

我女朋友？陈果三步变做两步冲上楼，看到微笑着迎向他的苏嫣。

我知道你要来，苏嫣说。

为……什么？陈果结巴着问。

我有预感，苏嫣说。

陈果心里一热，眼睛就湿了。他呆了呆，慢慢伸过手去，把苏嫣轻轻揽进怀里。

只因相遇太美

昆　明

郑可可踏上昆明这座城的时候，天色已暗。远远的灯光，次第亮起来，流光溢彩，繁华璀璨。城市的样子，大抵如此。机场门口有很多接机的人，郑可可知道，那不是接她。她除了她自己，都是陌生。她甚至，有时也不认识她自己。就像此刻，她眼光茫然地打量着这座城，她在想，她为什么要一个人奔逃出来？几乎仓皇的。

陆言现在一定是花好月圆人娇好罢。郑可可的骨头疼起来，一想到陆言这个男人，她的骨头就疼。爱过多少年了？从高中一直到大学，而后工作，其间经历八个春夏秋冬，寒来暑往。以为定会瓜熟蒂落，她的嫁衣也买了，却听陆言说，分手吧。简单到只有三个字。

郑可可不是个死缠烂打的人，甚至连理由都不曾要。她说，好。也风闻陆言爱上另一个女人，一离婚的富婆，有资产逾千万。世间爱情，常常输给金钱，还有什么可说的？陆言不是没有歉意，他说，可可，我们还可以做情人，我不会薄待你的。郑可可就笑了，她想，我这算什么，这算什么呢？终于明白，八年的爱，不过薄如蝉翼，一碰即破。她竟从没看清他。她在陆言结婚那天，一个人跑出来，从此海角天涯。她求的，是忘却。

她感到冷。这个四季如春的城，竟也是冷的。她觉得不可思议。踯躅在昆明街头，郑可可分不清东西南北，那又有什么关系呢？天地之大，足以淹没一个人的疼痛，要方向何用？一老妇人上来兜售花，玉兰、玫瑰，还有百合，一大丛的，亲亲密密挤在老妇人的木桶里。阿诗玛，买一束花回家插啵？很新鲜的。老妇人冲她笑。

花极便宜，几块钱可以买一大捧。郑可可左手玫瑰，右手百合，她突然为她的奢侈想落泪。恋爱这么多年，陆言竟从不曾送过花给她。她忍了，以为好日子是要慢慢积攒着的，他们要买房，要为将来计算。却原来，花是这么极易得到，几块钱，就可以捧在手中。郑可可把脸埋进花里面，眼里慢慢溢上泪。

嗨，陶陶，原来你在这儿！郑可可的肩，突然被人狠狠一拍，一个阳光的声音在她背后响起。郑可可扭头，身后一张年轻男人的笑脸迅速定格，讶然，惊慌，继而充满歉疚，呀，呀，对不起，对不起，我认错人了。年轻男人笑，我以为你是陶陶呢，背影这么像。

没关系，郑可可低声说。转身走。眼里的泪，却尽收他眼底。这让他慌张了，哎，哎，是不是我拍疼了你？他追着她问。

不是。郑可可回头，见他还跟着她，她补充一句，你走你的，不要跟着我。声音冷、硬，不留余地。

街道拐角处，郑可可回头，见那个年轻男人仍呆立在原地。她望见他一袭白衣裳，白雕塑似的一个人，心无端地疼了一下。她想起陆言。

丽　江

丽江的夜晚，是纸糊的红灯笼，一团的喜气。又恰似一袭五彩衣，光华耀眼。游人摩肩接踵，这边歌，那边舞。一个城的欢乐，是灿灿烂烂烟花开，听得见声响，嘭嘭嘭的，不绝于耳。

郑可可夹在游人中。她的前面是一对小恋人，女孩娇小，男孩高大。两人的背影看起来，很般配。女孩一会儿手指烧烤摊，娇声说，我要吃烤肉串。男孩就巴巴跑去买。女孩一会儿又手指路边的水果摊，说声，我要吃香蕉。男孩又巴巴跑去买。这样的甜蜜，是三月的雨，极易濡湿人的心。郑可可别过头去，不看，却有泪，掉落。

她不知道往哪里去，只是漫无目的地逛着，偶尔也在一些卖小吃的摊子前停下来，望着那里的烟火蒸腾，她心酸地想，曾经她所求的仅仅是这么一点儿，就是可以在烟火里，为心爱的人煨粥煮饭。

卖银饰的妇人穿梭于人群中。银手镯套在腕上，银项链挂在脖上，她们丁丁当当走在人群里，向游人兜售那些银饰。这东西好呀，辟邪呀，还可以祈福求寿呢，她们这样说。旁边的店铺里，也有大量的银饰银器，在一层一层的玻璃后，亮亮地挤眉弄眼。仿佛世间所有的银，都集中到这个叫丽江的地方来了。

郑可可想买一对银脚链，挂着两个小铃铛的那种，轻轻一摆脚，铃铛丁零，清脆的声响，会暖了寂寞的心扉。店主说，套上这银链，许个愿，爱着的人，就会永远套在你的脚脖子上了。郑可可想，我没人可套，就套我自己吧。她在一堆银脚链面前举棋不定。有浑圆的声音在耳边响起，这对好看。修长的指，拿起镶着杜鹃花的银脚链，对着她晃。郑可可顺着那手指往上看，再往上看，就看到一张笑脸，嘴角飞扬。世界真小啊，他竟是昆明遇着的那个年轻男人。

你怎么……？郑可可满脸写着惊诧，心里涌出小小的欢喜，这异乡的相遇，竟是重逢，带着无端的亲密性。

一起去茶楼喝茶，很熟的人了。坐在临河的茶楼上，郑可可知道了，这个年轻男人叫于杰，广州人。

是不是女孩子都喜欢一个人往外跑啊？像你，像陶陶。我在找陶陶，那丫头也是一个人跑出来的。在喝完第三杯茶后，于杰这样笑望着郑可可说。

郑可可欢喜的心，一下子掉下来。她说，我累了，想回去睡了。搞得于杰不知所措。想送她，被她一口拒绝。不要跟着我！这是她在丽江对于杰说的最后一句话。

萍水相逢，总是不算数的，再多的奇遇，也是为别人的故事作序。郑可可想。

玉龙雪山

据说玉龙雪山，有处山峰，上有天然大草甸，风光绝美。

游人如织，都是冲着大草甸来的。几乎所有游客都是坐索道上去的，郑可可却决定自己爬上去。

她的高原反应，在丽江时就有，头疼，脑晕。这会儿爬山，反应变得强烈起来，气喘得厉害，呼吸有些跟不上。她不得不走走停停。前面是树，后面是树，峭壁悬崖，望不到尽头。在当地，曾流传此山为殉情山。年轻男女相爱不能相守，就相约来此处跳悬崖，以求长相依。

郑可可想，她若跳下去，陆言会不会良心不安？在一走神的当儿，她脚下一滑，差点摔倒，身后及时伸出一双手扶住她。当心！竟是于杰的声音。

没有话，手自然而然相握到一起。一路走，一路看，间或交换一下眼神，竟都是懂得。有乌鸦在林间呱呱，黑色的影，呼一下，从这片林，飞到那片林去的。叫声听起来并不凄烈，甚至有些暖。

他们后来终于登上山顶。那里果然有一片大草甸，他们坐在草甸上，望山那边的夕阳，像熟识许久的一对人。天光云影共徘徊。于杰忽然叹口气笑，郑可可，你真是个傻丫头。

郑可可嘴角牵了一下，想，我傻什么呢？她没有说话。只觉得时光宁静，心也宁静，身边的这个男人，也很宁静。

有当地藏民过来，热情地要他们来一张合影。才十块钱一张，两分钟可取，你们来一趟多不容易啊，留个影吧，天长地久和和美美。旅游景点的开辟，让这些少数民族人，很快学会了市场经济。于杰目光探寻地看看郑可可，郑可可抬头说，哦，不用，谢谢。

白水河

都说白水河是条情人河。白水河的水不深，水流也不湍急，它是玉龙雪山融化后流成的一条河。河水白花花的，冲刷着石头一路而下，终年冰凉刺骨。当地相爱的年轻男女，都爱到这条河边表明心迹。女孩为了考验男孩，会让男孩赤脚背她趟过白水河。

站在白水河下游的桥上，于杰遥指白水河，对郑可可说，要不要下去试试，我背你？

郑可可想说，好啊。但说出口的却是，你不是要找陶陶吗？

再美的相遇，亦不过是萍水相逢。

香格里拉

郑可可一到香格里拉就病了，头疼，发热，咳嗽。

于杰送她去医院。医生抬起眼皮看她一眼，慢条斯理说，这是高原反应，吸两袋氧就好了。

郑可可吸氧的时候，于杰一直守着，握着她的手，很心疼地说，你不该一个人跑出来。窗外，是另一个蓝天，天很低，云很白。郑可可想，世外桃源原来就是这个样子啊，人安在，景安在，一刻也是永久。

两袋氧气吸完，郑可可感觉好多了，她和于杰一起逛街。从丽江买来的银铃铛，一路丁零零地在她的脚脖子上唱着歌。于杰说，这多好啊。郑可可站着看他，看到他眼里，有亮亮的东西一闪。她低头，有些恻然。

香格里拉的夜晚，冷得清洌。于杰提早给郑可可买了一条大披肩，紫罗兰的，很柔软的质地。郑可可百感交集地披上。于杰说，好看呢。

他们走进一藏民家，热忱的藏民请他们喝酥油茶。陆续来了另一些游客，一间屋里，很快挤满了人。他们学唱藏歌，学说藏话，气氛热闹且热烈。很快，篝火燃起来，大家一窝蜂上去围着篝火跳舞，你的手搭着我的肩，我的手牵着你的袖。五湖四海，所有的萍水，都成熟识。

于杰的手，一直牵着郑可可的手。一个扭身的动作里，他们的头紧挨到一起，郑可可听到于杰在她耳边说了一句什么，好像是说，可可，你不要走。或是可可，你跟我走。嘈杂喧闹里，那句话，像呼出的空气，很快消弭于无形。郑可可没有听清楚，她“啊”了一声，看到于杰的笑脸对着她，于杰大着声说，跳吧跳吧可可！

这样一直玩到大半夜。郑可可没有告诉于杰，她明天要返回家乡南京去。在回各自住处的时候，她弯腰对于杰说，明天见，扎西德勒。于杰也跟她弯腰说，明天见，扎西德勒。他们笑着招招手，这就别了。

南　京

从香格里拉回来，郑可可大病一场。

一个月后，当郑可可站在秋阳高照的南京街头，秋已深了，她觉得自己像个隔世的人。

女友娜娜说，给她介绍了一男孩，人很老实，长得也不赖，要她去看看。她们约在香格里拉酒楼见面。郑可可听到“香格里拉”这个名，心“扑通”跳了一下，呼吸急促起来。于杰的样子，隔了山隔了水地飘过来，白衫，白裤，微微笑着。想再细细看，一切却如一片草甸，一叠山峦，云烟漫起，那么远那么远。

她摇摇头，一片梧桐叶落下来。哦，人生又是一季了。她伸手打车，去往她要去的地方。亦想好，如果见面的那个男孩不错，就把自己嫁了罢。嫁谁不是嫁呢？

一辆车在她面前停下来，她正准备上车，突然听到身后一声，可可。浑圆的，充满阳光的。她愣住，又一声，可可。几米之外，站着于杰。

于杰后来告诉郑可可，南京很美，他很喜欢。那个时候，于杰已在南京找到一份工作，他决定与南京长相厮守。

春天，

我注定要为这些小花消去许多时光。

这些时光，

都是香的。

我们每个人的心中，
都可以养上这样的一座山吧，
适时地避开车马喧闹世事纷争，
还自己些许清宁明澈。

| 第四辑 |

岁月如水水如烟

青春的爱情，总是充满不定数。岁月如水水如烟，水流过，烟飘过，这便算，完结了。

青春底版上开过玉兰花

夏意儿念中学的时候，家离学校远，住宿。

每日黄昏，放学了，大多数同学都回家了，校园便变得空旷而宁静。她会抓一本书，去操场边。黄昏温柔，金粉一样的光线，落在一棵一棵的树上。是些广玉兰，五月开花，能一直开到九月，这朵息了，那朵开，碗口大的花，白而稠。就那样开得烈烈的，又是悄悄的。她会倚了树，背书，心淹没在那些金粉里，美好，安静。

某一日，她的安静，突然被操场上一阵一阵的欢叫声给打断了。那是一些男老师，在操场上打篮球。在那些男老师中，她一眼看到他们年轻的语文老师，正迎着夕阳的方向跑。他看上去，像骑着一匹金色骏马的王子，英俊极了。她只听见自己的一颗心，“嘭”的一声，开了花。

自那以后，她开始留意他。他的声音好听，他走路的姿势好看，看他的一颦一笑，那么近，又那么远。她的心，开始了忧伤。学习却格外努力起来。最喜欢语文考试或作文，每次在全年级她都遥遥领先，让他的眼睛里，有了骄傲。他跟别班的语文老师说，我们班的夏意儿，语文好得没说的。她站在他边上，听着这话，微低了头笑，心快乐得要飞。他转身看她一眼，点点阳光洒过来，他说，继续保持啊夏意儿。她认真地点头，把这当做是她对他的承诺。

端午节，她特地跑回家，央母亲包多多的粽子。母亲问，要那么多吃得下吗？她说，带给同学吃呢。母亲包粽子时，她在一边相帮，挑又大又红的枣，一颗一颗洗净了，和在糯米里。母亲笑话她，这么小的丫头，就知道吃了。她不言语，只是笑。第二日，天微微亮，她就赶到学校。他的宿舍门紧闭着，想他还在睡吧。她把精心挑出的一袋粽子，轻轻放在他宿舍门口。

后来他在班上，笑问全班学生，哪个同学给我送粽子了？学生们愕然，继而都望向他笑着摇头。她也在其中，笑着摇头。他的目光，落向她又掠过她，他说，粽子我吃了，非常好吃，谢谢你们啦。

课后，同学们很是热烈地讨论了一回，到底谁给老师送粽子了？谁呢？她静静坐在一边，耳畔只是他的笑，他吃了她送的粽子呢。她因此，而幸福。

元旦的时候，却传出他结婚的消息，教室里一下子沸腾起来，每个同学看上去都兴兴奋奋的。女生们争着打听他的新娘漂不漂亮，男生们则商量着给他买礼物。她一个人，跑去操场边，莫名其妙大哭一场。

再见到他，是几天后。许是新婚，他的脸上，有遮不住的甜蜜。学生们叫，老师，要吃喜糖要吃喜糖喔。他笑着答应，好。下课，他站在教室门口叫，夏意儿，你来帮我拿一下糖。她坐在位子上没动，回，我肚子痛呢。他关心地走到她跟前，笑着问，没关系吧？要不要去看医生？她慌乱地一摇头，说，没事的。他后来叫了另一个同学去，捧来一大堆花花绿绿的喜糖，她把发到手的喜糖，转手给了同桌，说，我从不喜欢吃糖。同桌信以为真，很高兴地接了去。

她的语文成绩，自此一落千丈。

他很急，找她谈话。极温暖地看着她笑，他说，夏意儿，你知道吗，你是我任教的学生里，最聪明灵秀的一个，我希望我能有幸送你走进重点大学，那里，有属于你的金色年华。她的心里，突然就落下千朵万朵阳光，玉兰花般开放。

一颗爱的心，就此，轻轻放下。后来夏意儿顺利考进重点大学，遇到了一个爱她的，亦是她爱的人。真的如他所说，她有了属于她的金色年华。

一把木梳

她总是随身带着一把梳子，仿檀木的，月牙形。横着放时，像一扁舟。

六七年了罢？他给她买梳子时的情景，在她的记忆里，还像一幅新油印出来的画。那时，正是春天好时光，花红柳绿，阳光飞泻。他们就快大学毕业了，一帮同学，相约着去公园玩。公园门口，长一排柳树，柳树下，摆满地摊，卖的都是些哄女孩子的小物件，珠啊玉的，还有小木梳。十个女生，像十只小鸟奔过去，叽叽喳喳着不肯挪步了。他举着门票，站一边傻傻地等，一脸的无可奈何。这时，不知是哪个女生一回头，叫了声，班长，快来买东西送我们。其他女生都笑起来，嘻嘻哈哈说，是啊是啊，班长送东西给我们，我们好留做纪念。

她没笑，只是低头看那些小物件。她其实，对那些小物件并不感兴趣，她不是个爱佩戴饰物的女生，整日里素面朝天，更多的时间与爱好，给了书本。但他，却出乎她意料地挤到她身边，轻轻用胳膊肘碰一下她，问，你喜欢什么？她吃了一惊，抬头看他，看到他含笑的眼，里面汪满春天的花红柳绿。她有些不知所措。她知道他的优秀，一班之长，丰姿挺立，文采飞扬。有不少女生暗恋他。而她，是那么普通，普通得像一棵树上，任意长出的一枚叶。所以她对他，从来只做远观。

他再次轻声问她，你喜欢什么？她慌张地随便伸手一指，道，梳子罢。他立即弯腰握一把梳子在手，看她，这个好么？小木梳在他手里，像一扁小小的舟。她点头。他回头对摊主说，买十把吧。一一分送给在一旁叽叽喳喳的女生。是最后给她的，给她时，他意味深长地说一句，要记住啊，这是我送你的啊。她心里，一下子波涛澎湃。

后来就毕业了，一个天南，一个地北。起初时也通信，是他先写给她的，信里面絮叨地说些近况，他换工作了，他去了一家电子公司了，等等。不曾提过感情。只有那么一次，他在信末问她，我给你买的木梳子还在吗？她回信说，在呢。隐忍的情感，不落痕迹。

一个人的夜，寂寞拉得长长的。她拿出木梳子，轻轻地，一下一下梳理着她的长发。小小的木梳上，有那日流光飞过。她握它在手，如同握着那日的花红柳绿。夜色泊着，无边无际，像水。她就有些想望，那把木梳子，真的是一扁舟，上面只坐着，她和他。他说一声，我们流浪去吧。她答一声，好。这是痴想了，她在这样的痴想里幸福，还有疼痛。

一日，他信来，信里说，他要结婚了。她默默看半天，回了一个字，哦。有泪在眼里晃着，一直没落下来。从此，不再有牵连。

后来，她也恋爱了结婚了，但那把木梳子，她一直放在身边。某天外出，风吹乱了她的发，她从包里拿出它来梳理，才梳两下，就听“嘎”一声轻响，梳子已断成两半。

她呆呆望着手里的木梳子，那日流光，终是去了。想他，是爱过她的罢？那又怎样？一把木梳，原也承载不了岁月的流逝的。

八年囚爱

她无法忘却那场分别：咖啡馆里，一曲《斯卡布罗集市》刚刚弹响，他忽然看定她，轻淡地说，我们不合适，分手吧。四年的感情，就这么一笔勾销。她一口咖啡呛在喉咙里，化作品尝不尽的苦涩。

交往中，一直是她爱得多一点，为他，不惜低到尘埃里，不做花开，只做一株卑微的芨芨草。她有她自卑的理由：出身贫寒，学历不高，长相也不是那么出众。而他，却像一轮明晃晃的太阳——名牌大学毕业，人长得又帅气，工作也好，走哪里，都吸引着异性仰慕的目光。

很多的夜里，她一个人，拥抱着孤寂，想着他轻淡的那几个字：我们不合适。想得胸口疼。她想，他到底是嫌弃她的。她在心里暗暗发誓，有朝一日，一定要让他悔青肠子，为他错失了她。

她开始报各种自考，没日没夜地苦读，文凭拿下一个又一个。她辞去原先的工作，原先，她在一家银行做小出纳，飞不高，也飞不远。那时的愿望是，早早嫁了他，给他生个胖胖的孩子，过安稳的日子。可是，他不要她了，梦破碎了。她应聘进一家大公司，一路过关斩将，终于在五年后，坐上了主管的位置。

拼命工作，换来不菲的报酬。她想做的第一桩事，是去整容。她真的去了，当手术刀在她身上划开第一道口子时，她的心，惊悸了一下。那个时候，她的灵魂，飘得很远很远，远得她自己也抓不到。

她彻底换了一个人，成为真正的都市丽人。曾经的卑微，却像长在胸口的痣，怎么抹也抹不去。她不能忘了他，不能忘了那场伤害。她要一树繁花似的，出现在他的面前，让他后悔。然后，她对他高傲地一甩头，告诉他，我已不爱你了。

世界真小。还没等她主动找他，他出现了，公司老总过生日，他是老总邀来的贵宾之一。她竟不知，他原是老总的表亲。

大厅里，人头攒动，可她还是一眼就认出了他，当即心跳如鼓。他没变，依然那么帅气，眉宇间，多了几分成熟和稳健。她远远站着看，到底忍不住了，走过去，径直走到他跟前。她对他“嗨”了声，说，你好。他狐疑地望望她，问，你是？

他已彻底不记得她了，不记得她的眼神，她的笑容，她的声音。她尚未来得及再说什么，一个小女孩从人缝里钻过来，牵了他的衣襟撒娇。他撇下她，弯腰抱起小女孩，柔声问，妈妈呢？

顺着小女孩的手指方向，她看到一个女人，安静地站在大厅一角，望着这边微笑。女人相貌一般，身上却散发出一种温婉恬然的气质，是那种被幸福浸润着的温婉恬然。

她的心在那一刻沉下去，眼里突然飞上泪。她转身离开，跟老总托词说，她的母亲从乡下来了，她得回去一下。

没人关注她的苦痛，大厅里的欢笑，如常。她跑出热闹的大厅，眼中的泪，再忍不住了，化作倾盆。八年了，她活得好辛苦，无心恋爱，无心看身边风景，孑然一人，一路苦奔，把最好的年华熬瘦，全副武装着，只等与他相见。却原不过是自做了茧子，把自己囚在里面。

很多时候，
所谓的幸运，
不在于你有没有得到，
而在于你有没有失去。

不相忘，
便是人世间最深的情、
最真的好。

岁月如水水如烟

她与他相识，是在一场老土的相亲中。去相亲的不是她，是她的女友。她是陪着女友去的。女友羞涩，不敢抬头看他。倒是她的眼光，放肆而大胆地落在他脸上，他身上，如急雨敲窗。他起初还佯装镇静，但到底被她的眼光看得不自在了，脸“腾”地红了。她瞅见那抹微红，“扑哧”一声，笑出声来。女友事后问，人还不错吧？她极力夸他，真的不错，又高大又英俊。

因为女友，她与他，便常常见面。三个人，坐在一家茶馆里喝奶茶，吃爆米花。窗前有花，是一盆月季，红艳艳地开着。背景音乐放着《一帘幽梦》，一个男人唱的，唱得极缠绵。秋日的时光长长的。她一边吃着爆米花，一边与女友眉飞色舞地说着话。一转眼，却瞅见，他暗递过来的热热目光。桌下，脚与脚相碰，心竟无端地，乱了。

再见面，她已恢复如常。三个人，一起吃饭，她用勺挑一大块辣酱放碗里，她是喜欢吃辣的。他俯身向她，说，女孩子不要吃太多辣，对嗓子不好的。她抬头，看见他眼中星光点点，都是疼爱的波。她笑笑点头，他亦笑笑点头。

他出差归来，礼物是两份，带给女友的是一套衣。带给她的，是羊毛围巾，淡紫色。她爱极的颜色。还有一盒磁带。他说，你喜欢音乐，没事时听听。她把磁带放进录音机，翻来覆去的，只有一首歌，歌名叫《只要你过得比我好》。曲调不悲哀，词也很暖。静夜里，她抱着被子，一个人听，却听得满脸是泪。

爱是小兽的齿，啃得她的心，生疼。她终于决定逃走。他却先于她逃了，来跟她话别，说要去南方。跟女友，亦分手了。

握别的手心，有点湿。

她等过他的电话，甚至，期盼过他回来找她。那个时候，不用说一句话，只要他出现在她门口，她就一定会飞奔着扑过去。什么只要你过得比我好，统统见鬼去吧，相爱的人在一起，才是幸福。

他却没有回来找她。

两年之后，她重遇良人。那人直率率地告诉她，我喜欢你。她的泪，如秋叶般，纷纷落。原来她的心底里，要的并不多呵，就是这样一句话，我喜欢你。他却一直不曾给她。

一切水到渠成，她嫁了喜欢她的人，安稳在凡俗里。经年后，她随一个朋友，误闯入他的家，老式的小院，是小城里最后一批老房子了。他正在院前晒衣裳，花花绿绿，妻子的，女儿的。原来，他从未曾离开过这座城。原来，他早先于她，结婚了。

青天白日下，她怔怔看他。朋友在旁向他介绍，这是谁谁谁。他转脸，微微愣一愣，而后笑笑，客气地对她点头，你好。

她回，你好。心，满满地沉了。纠缠这么多年的结，只为等这一声你好吗？

再相遇，应该不是这样的。然，不是这样，又是怎样的呢？岁月如水水如烟，水流过，烟飘过，这便算，完结了。

羊绒披肩

初相见，她披着大红披肩，在一群人中微微笑着，仿佛在听别人说话。他的眼光，越过人群，牢牢锁定在她身上。那一袭披肩，真是艳到极致，镂空的花，一朵一朵息在她肩上，让人想入非非。

他千方百计接近她，却发现，她不是遥远的一个。她很随和，甚至有几分小女人的傻气。几乎没有什么迂回曲折，她就做了他的女朋友。

他给她买各种各样的披肩，薄型的，飘逸的。大绿或大紫。披到她肩上，都能自成一段妩媚。他喜欢她裹着披肩的样子。

她明白他的喜欢，所以自打认识他起，她总是披着披肩。雪花飞舞的大冬天，为了能配上镂空的流苏大披肩，她舍了暖和的羽绒服。她和他走在一起，有人夸，你的女朋友好漂亮。他笑，转过头看她一眼，她勉强还他一笑，嘴唇却冻得发抖，他没发现。

这样倾心的爱，也只不过是刹那芳华。后来，他喜欢上别的风景，她的披肩，对他再构不成一点点魅惑。几十条披肩，之于她，原不过是他给她的道具，好演一场华丽给他看。那上面，本就留不住温度。

她叠起那些披肩，从此跟着四季分明，冷暖自知。

再遇爱，是在冬天。朋友介绍的，那人在医院工作。

他们开始约会。在她这边，是抱着可有可无的态度。闲着也是闲着，找一个人聊聊天也是好的。而在他那一边，却完全地投入了，他喜欢上她身上淡淡的味道，文静、闲散，让人心安。

那一天，他们一起喝茶，她不停地伸手揉肩。他问，怎么了？她笑，老毛病了，肩周炎。他"哦"一声，眼里有痛。

隔天，他送她一件礼物，竟是一条紫罗兰羊绒披肩，软乎乎的，小毛毯似的。她在心里冷笑，天下的男人难道都喜欢女人披着披肩的妖媚。

晚上，她收到他发来的短信："喜欢那条披肩吗？我找了很多地方，才买到这条厚一点的羊绒披肩。晚上冷，你坐电脑前写作，可以把它裹在身上，抵挡一点寒冷。"

她发了一会呆，把丢弃一边的披肩裹到肩上，身上立即被一寸一寸地捂暖了。这个想到她寒冷的男人，让她忍不住在静的夜里，微笑起来。她慢慢在手机上按键，输入两个千转百回的字："想你"。发送了出去。

跟你回家过年

那个时候，他还不能确定，是不是爱她。

他是河南人，她是湖北人，他们是在一次聚会上，经朋友介绍相识的。

相识的最初，他对她，没有特别的感觉，谈不上喜欢，也谈不上不喜欢，仅仅是看着还顺眉顺眼，便淡淡地相处着。也无约定，也无承诺。她来，他们会一起做饭吃。她会烧剁椒鱼头，红辣椒映出一盘子的欢喜。他会烧芋头羹，满满一大碗的热腾腾。屋子里的味道，便很家常了。而屋外，阳光有些淡淡地飘着，让人恍惚，这样的日子，他们已过了好多年。

却没有刻骨的相思与牵挂。异乡的天空下，两个孤独的人走到一起，有时不是因为爱，而是因为寒冷和寂寞。他们需要相互取暖。

偶尔的，他也会感动。譬如，在他生病的时候，她穿过半个城市来看他，给他煮软软的绿豆粥喝。可是，那又怎样？爱情总敌不过现实的无情——他家境贫寒，穷山沟里还有年老的父母，需要他照应。

之前，他曾疯狂地爱过一个女孩，他和女孩花前月下，天长地久的话，说了一遍又一遍。也有美好的设想，在这个城买房，结婚，生子，过幸福的小日子。

冲突却因过年而起。他是要回他的老家过年的，千里之外的小山沟里，有他倚门而望的父母。他希望女孩能和他一起回家，因为在他们家乡有个风俗，女孩到男孩家过年，才算明确了关系，才算是一家人。

女孩却不肯去。女孩嫌小山沟的遥远和艰苦，且女孩的计划里，是要他陪她去湘西凤凰的，她要住吊脚楼，吃姜糖，听山歌。

结果，他一人坐车回去。半路上，他收到女孩发来的信息："当你选择了你的小山沟的时候，你已放弃了我。"曾经的爱情，从此成为悲寒的过往，他的心，再爱不起来。

转眼又是新年至，他照例收拾了行囊回家。她去送他，路过一家商场时，她让他停一停，她跑进去，再出来，手里就多了两盒点心，她把点心塞到他手里，说，这是我送给你爸爸妈妈的，代我向他们问好。

他的心突地一软，久违的感觉，漫上心头。他脱口问她，你可以跟我一起回家过年吗？她愣住，低头笑，为什么不可以？再抬头，眼里已有泪花在闪。

他什么话也说不出，上前温柔地牵了她的手。冬天的阳光，羽毛似的，飘落下来，罩着两个甜蜜的人。古老的节日，成全了世间最凡俗的爱情，她说要跟他回家过年，让他看到她最朴实的感情：爱一个人，连同爱他生长的地方，爱他灵魂深处的家园。

青春的爱情，
总是充满不定数。
岁月如水水如烟，
水流过，烟飘过，
这便算，完结了。

我在花香里写下，

我对这个尘世的眷恋和爱：种子。庄稼。食物。草木。鸡鸭牛羊。

炊烟和老房子。

这一切的鸡零狗碎，

我统统的爱，且义无反顾。

华丽转身

她和他，同学七年，从高中，一直到大学毕业。

爱情像不经意间落下的牵牛花的种子，落在彼此的心上，兀自牵绕缠绵成一片。便爱了。

都说是郎才女貌好佳偶的。她不曾想过背离，看身边他人的爱情曲曲折折，她总是暗自庆幸自己的风调雨顺。

他们开始商量着买房。看过无数的房之后，他们终于在环境幽静的一处，物色到一套住房，面积不大，却足以安放他们的爱情。她喜欢那里的落地窗，可以接受满阳台的阳光。她说，结婚后，她就在阳台上为他熨衣裳。他听了，笑，笑得很幸福。

甚至设想到将来，将来老了，阳台上会长满花草，还养一只会唱歌的鸟。他们两个，就偎在阳台上晒太阳，看花开，听鸟唱。

这样的爱情很绮丽。她常常有些不相信地问他，是真的吗？他就伸手刮她的鼻子，说，是真的。

如此的美好持续了一段时日后，某一天，她再问他，是真的吗？他不曾热烈地回她。他眼光散淡，让她陌生。

他们之间，渐渐地云遮雾挡，像隔了一座山峰。再相处的时候，多半无话。这个时候，他们买的新房子的钥匙到手了，她试探地跟他说，结婚吧。他掉转头，眼睛看着窗外的景，漫不经心地回，等等再说吧。她只听得“砰”一声碎响，是花朵爆开的声音。满地落红，无法收拾。

也终于知道，他爱上了另一个女孩，那女孩是他上司的女儿。上司已给他俩在繁华地段买了一套房，房子大而奢华。他却迟迟不肯告诉她。

她独自一人，狠狠流了一通泪。然后，收拾掉泪痕，约他见面。

见面的地方，是她和他常去的街心公园。春天的太阳，闪着钻石一样的光芒。身边是姹紫嫣红，一个城，刹那间显得风情万种。她盛装而出，款款而至。他讶异地看着盛装的她，问，今天什么日子？这么隆重？她看着他笑，平静地说，今天，是我和你分手的日子。然后伸出手来，轻触他的手，说一声，你多保重，就转身而去，留一个华丽的背影，给他。其时，太阳娇好，金钟花开得漫天漫地。

经年之后，同学聚会，他去了。她正和先生在外度假，没去成。

聚会上，有人说起她，大家都羡慕她日子的丰盈。他的眼里，有深深的悔。记忆总在花开的时节疼痛，那漫天漫地的金钟花呀，是一场华丽的盛会。他在记忆里怀念她。

有同学辗转把这些告诉她，她只淡淡一笑，转身去给阳台上的花花草草们浇水。那是先生买了送她的，在饱满的阳光下，花草们正枝叶葱茏。当年她的华丽转身，不但留住了她的自尊和优雅，还为自己留住了一颗，完整的心，好继续去爱。

暖手套

第一场冬雪降临的时候，他在女生宿舍楼前拦下她，伸出冻得通红的双手，弯着一双好看的眼，笑对她说，能不能请你帮我织双暖手套？她讶异地瞪大眼，是受到意外惊吓的一只蝶。雪花点点，从光秃的法国梧桐树上落下来，落她一身。她讶异的样子，也有着说不尽的动人和妩媚。他的心，忍不住狂跳。

其实，早就相识了，早就在心中默许过无数遍。但他羞涩，她矜持，于是错过无数的花前月下。在临大学毕业的这年冬天，他终于寻到这样一个理由，可以冠冕堂皇地接近她。这没什么的，班上其他男同学，都请女生织过手套的。他想，一旦被拒绝了，也好笑笑而退，把一切掩藏得如白雪覆盖。

她的心中此时早已涟漪千起了，他微笑的眼，是她私密的想望啊！但嘴上说的却是，对不起呵，我不会织呢。然后，掉头而去。留他一个人愣愣的，望她上楼的背影。雪花落下，冰凉入骨。

她不是个手巧的女生，是真的不会织手套，在此之前，她从没碰过编织针。但她却决定要帮他织一副暖手套了。所以，一回到宿舍，她就跟同宿舍的女生打听，手套怎么织，要用多少毛线。同宿舍的女生大跌眼镜了，问她，怎么突然想起学织手套的？她笑，我哥要我帮他织呢。那边惊讶，你有哥？怎么没听你提过？她始才发觉失态，慌忙掩饰过去，啊，是堂哥。

到商场挑毛线，有女生自告奋勇要帮她参谋，她谢绝了。她要自己给他挑。她花近半天的时间，在满眼的红红绿绿之中，终于挑得一款，草黄的，是麦秸的颜色，有着熨帖的温暖。细细的甜蜜，就如四月的刺槐花开，一点一点入了心。

抱回来，在冬夜的灯下学织，很笨拙地。她觉得她像只学跳舞的小熊。四周俱静，夜寒沁骨，她的手冻僵了，不得不每织两针，就停顿一下，把手伸到被窝里暖和暖和。再编织时，就是十指的温暖了。

在第二场冬雪降临的时候，她终于织好了给他的手套，厚厚的柔软的，麦秸的温柔之色。为此，她的十指，无一完整，全冻成胡萝卜似的了。

她去找他，却赫然瞥见他的手上，正戴着一副暖手套。色彩明艳，是张扬着的温暖。她的笑凝在脸上，心里面有暗流汹涌，然后止息，——成冰。

他们之间再无瓜葛，但消息却辗转地被同学递来递去。他知道她毕业后分在省城，恋爱了，成家了。她知道他毕业后去了南方，混得很不错，结婚了，有孩子了。

某一天，她突然接到一个电话，电话是他们的一个同学打来的。同学告诉她，在南方，遇到他了，他们很热闹地在一起喝了酒。就谈到了当年的往事，就谈到了她。同学说，当年，他是真的爱你的呀，你为什么不肯替他织一副暖手套呢？

尘封的记忆，一下子被风掀开，她想起大冬天的夜里，冻得通红的十指，想起那缠绕在十指间无尽的温柔。回首望过去，居然没有心痛，只有感动，感动于当年的那份痴情。她就笑了，说，我织过的，只是，他手上早戴上了别人的暖手套了。说这些时，她的眼光落到桌上的水晶瓶上，那儿有花开得正好，瓣白如云，是百合。老公送她的。她想，该给花换水了。

又一年的冬天降临了，雪很早就飘落到她的城。在第一场雪就要结束时，她很意外地收到他寄她的一张明信片，画面是明净的忧伤：冬雪。落尽叶的法国梧桐。还有，高远的天。他在旁边写一行小字：我以为没有希望的，所以把我母亲早就给我邮来的手套戴上了。

她愣愣发一回呆，赶紧去找那副暖手套。她明明记得，她一直带着它的，但怎么也找不着了。或许，搬家时遗失了。她怅然而笑。窗外的天一点一点暗了去，一天又过去了，这是消失，是永远不可再现的消失呢。如同那副暖手套……

一碗羊汤泡面

她其实是个顶怕吃羊肉的人。她不喜欢羊肉的那种羊膻味，每闻到，都有要呕吐的欲望。小时家里人曾把羊肉包在饺子里，哄她说那是猪肉饺子，但她，还是隔了一层饺皮把它闻出。

可傅文喜欢吃。傅文说，羊肉肉质最为细腻，暖胃，对皮肤也好。傅文还喜欢吃羊汤泡面，一大碗羊汤泡面，他能吃得精光，连汤也喝了。

她喜欢听傅文说话，喜欢看傅文说话的样子。傅文其实也就一普通男人，但在她眼里，就是与别的男人不一样，特别是他说到羊肉时，眼里流露出的温暖的光芒让她着迷。她认为，他是一个对生活充满热爱的男人。

女人一旦爱上，便变得痴情。她亦是。为了傅文，她一次一次买了羊肉回来吃。第一次吃，她呕吐得恨不得连黄疸都要吐出来。比她小一岁的妹妹在一旁看不过了，气得把羊肉全倒进垃圾筒，说，姐，你干吗自虐嘛！她却强打精神，又去买了羊肉回来，笑着对妹妹说，傻丫头，你不懂，这就是爱。

她“苦练”的结果，是使自己的味蕾完全丧失了对羊肉的抵抗。傅文再来，她可以亲自下厨，为他煎羊排和做羊汤泡面了。每当她坐到傅文对面，看着自己爱着的那个男人，一口一口吃掉她为他做的羊汤泡面，她内心里，就充满幸福。

这样的爱情，很温暖，像一碗羊汤泡面，冒着暖暖的气息。她以为可以为他做一辈子的羊汤泡面的。但一个冬天过去，傅文却提出分手。分手的理由是，他受不了她身上永远不散的羊膻味。你除了会做羊汤泡面外，你还会做什么？这是傅文最后扔给她的话。

她愣在春天的阳光下。春天的阳光，散发出花朵一样的光芒，暖暖的，像羊汤泡面上冒出的热气。但爱情，却走了。

再认识一个男孩，她的心，已裹在一层茧里面了。男孩却很喜欢她，请她看电影，请她吃饭，请她去唱歌。她的态度不冷不热，每次男孩说什么，她都微笑着点头说好。只是在吃饭时，却固执地只点一种主食——羊汤泡面。男孩见她点羊汤泡面，也跟着后面点，但她分明看到，当他把第一筷子面条送进嘴里时，他的眉头轻轻皱了皱，随即却恢复常态，很开心地对她说，味道不错。

她生日那天，男孩亲自去菜市场买菜，挽着袖子，在租住的小屋内做菜给她吃。她应约而至的时候，十几平方米的小屋内，满满当当飘着的，全是羊膻味。男孩正挥舞着铲子在煎羊排。看见她，男孩欢欢喜喜地说，我今天给你烧了羊肉，还烤了羊肉串，还烧了一锅羊汤，留着给你做羊汤泡面吃。

她倚着门静静看着他，就想起那年冬天，她在锅上为傅文做这些。那个时候，支撑她的是爱情。眼泪，不知不觉流下来。

男孩慌了，以为是油烟呛着她了。忙关了煤气灶，拿毛巾给她擦泪。可那泪却越擦越涌，终于，她说，我不喜欢吃羊汤泡面，真的，一点都不喜欢。

男孩立即怔住，半天才讷讷道，天，我也是。为了你，我苦练了两个月。

心，破茧而出。一个肯为她迁就着吃羊汤泡面的男孩，是值得托付终身的。她看见，爱情它插着翅膀飞来了。

豆浆里的爱情故事

张扬第一次带苏小小逛商场时，张扬说，苏小小，你选一个礼物，我买了送你。那是他们认识四个月后的一天。

四个月前，张扬失恋了。确切地说，是他被他的女朋友抛弃了。他和她，四年大学同学，毕业后又恋了四年，她却突然嫁作他人妇，突然得让张扬措手不及。她说，张扬，我爱上别人了，我们分手吧。这便分手了。她嫁了人，随后，跟着所嫁之人飞去了大洋彼岸。

张扬去酒店买醉，醉得不省人事。是苏小小把他扶进酒店客房的，替他清理了"战场"。苏小小是那家酒店的服务员。

第二天，苏小小送茶进去，张扬已醒过来。苏小小说，先生，你昨晚喝太多了，喝这么多酒，会伤身子的。她给他泡了一杯茶，放床头柜上。张扬一言不发地看着她，直到她关门走了，他还看着，看着她关上的那扇门。他眼里突然有湿的东西流出来，越流越涌。他不去擦，一任它们在脸上肆意奔流。他终于用泪水，葬送了他的热恋。

后来，他经常去那家酒店，不再喝醉。苏小小会很细心地泡了他喜欢喝的柠檬茶。酒店生意不忙的时候，苏小小会坐下来陪他聊一会，他渐渐知道了她的一些情况：父母多病，高中一毕业就出来做事了，已在这家酒店做了四五年了。

日子就这样过着也蛮好，不求大富大贵，只要人平安就好，苏小小绞着纤细的手指说。是苏小小这句平实的话打动了他么？那一刻，张扬产生了要保护苏小小的冲动。

苏小小真的就成了张扬的女朋友。

张扬让苏小小挑礼物，他在心里想，这丫头肯定会挑钻戒。他也打算替她买一枚。所以，他领她往首饰柜台走。

苏小小却对电器超市情有独钟，跳着脚奔过去了，在里面左转右转，突然高兴地把张扬拉进去，指着一台全自动家庭用的热豆浆机，要张扬买给她。张扬问，买这个干吗？她俏皮地笑，我喜欢呗。张扬拗不过她，买了。她如愿地捧在手上，快乐得跟孩子似的。

张扬上班，是早九晚五。所以他早上一般起得很晚，都要睡到八点多，然后起床，匆匆洗一把脸，就去上班。那天早上，他像往常一样，还在梦里迷糊呢，突然听到家里有响动，他张开眼，看到苏小小一张笑脸正俯向他，苏小小说，懒鬼，起来啦，喝新鲜的热豆浆。

为了磨出好喝的热豆浆，苏小小已在家里操练过多遍。

她先一颗黄豆一颗黄豆地挑，挑那种光滑的，不生一点点斑的。挑好后，用水左一遍右一遍地洗，再在清水里泡五十八分钟，才拿到机器里磨。五十八分钟，是苏小小经过一遍一遍试验，定下的时间。这样磨出的豆浆，汁浓，牛奶样的，口味纯正。

张扬的心，被感动泡软。苏小小无意间知道他每天不吃早饭。她着急地说，你不吃早饭怎么行呢？会得胃病的。他不在意地说，怎么会？我早上肚子不饿才不吃的。却不知道，她竟把这事放在心上，起了大早，跑来磨豆浆给他喝。

他一口一口喝着热豆浆，爱的滋味，在心里甜甜润润地流淌。他暗暗对自己说，一定要对这个丫头好，一定要对她好。

从此，雷打不动的，苏小小都会跑来磨豆浆给张扬喝。不管她晚上多么晚才下班，早上，她总会赶过来，在他起床之前，磨好热豆浆。大冬天的早晨，她沿着街道跑，眉上积一层霜，脸蛋冻得通红通红的。她顶着外面的寒气，笑吟吟站在他面前，脸上却有掩不住的欢喜。这样的欢喜让他有幸福的感觉，他说，小小，结婚吧，我们结婚吧。苏小小几乎没加思索，就答应，好。

张扬的家里人却不同意这桩婚事，尤其是他母亲反对得厉害，她说，你好歹也是名牌大学毕业的，怎么能找个高中毕业的？你以前的女朋友若是知道了，还不笑死你？

提到前任女朋友，张扬的神情立即萎了下去，她是他心里的痛。他和苏小小的婚事，搁了下来。转眼就是来年的春天了，时光容易把人抛，红了樱桃，绿了芭蕉，其实，抛去的，应是彼时彼地的感觉罢。彼时的感动，到了现时，也只是一江春水向东流。苏小小磨豆浆，只是一个家常得不能再家常的动作，而张扬，亦是喝腻了豆浆的。

这个时候，张扬认识了另一个女孩，是新分到他们单位的，女孩漂亮，活泼，一口一个老师地追着他叫。女孩会出其不意地从口袋里，掏出一块山楂片，要张扬吃。她会唱一些好听的歌给他听，女孩的声音很甜美。她还会和他讨论叔本华和尼采，杜拉斯和昆德拉。张扬突然发现，他和苏小小在一起，除了喝豆浆，好像没有别的事了，一种暮秋的感觉。而女孩，在他面前展开的，却是整整一个春天。

张扬跟苏小小提出分手。苏小小低了头，她的手，正插在一堆黄豆中，那是她新买回家的。一滴泪落下来，落到她的手背上。她说，好，我早知道有这一天的。

那滴泪，让张扬的心，颤抖了一下。但他还是狠狠心走了。

半年后，张扬和女孩一起逛街，路过一家饮食店，店门口写着：新鲜的热豆浆，现磨现喝。女孩觉得新奇，她说，我们喝豆浆吧？张扬只好陪她进去坐。

张扬看着黄豆，被一只手从水里捞出来，然后放进豆浆机里磨。在等待中，女孩说，这磨豆浆，还真麻烦。张扬的心，就疼疼地跳了一下。豆浆端上来，张扬喝了一口，说，怎么这么苦？店里服务员给他另加了半包糖，他喝着，还是苦。后来，把一整包糖加进去了，还是还是苦。他突然觉得难受，异常难受。他想起半年前，苏小小替他磨的豆浆，那豆浆，白得黏稠，有好闻的牛奶味。他不知道，那些黄豆，是苏小小一颗一颗精挑细选出来的。他亦不知道，苏小小为了精确黄豆泡水的时间，总是一动不动盯着钟表的秒针看。

十九朵玫瑰和一把青菜

情人节这天，他带她去买花。

这天的玫瑰贵得有些离谱，二十块钱一朵。但他还是给她买了一捧，不多不少，十九朵。卖花的女孩子熟练地包扎着花束，巧笑倩兮地说，十九朵，代表天长地久，哥哥、姐姐，祝你们一生一世永沐爱河！

她捧花的手就抖了一下，微微的，笑有些僵在脸上。他发现了，以为是花的刺戳到她了，忙低下头来察看，温暖的额抵着了她的头。她的心，立即绵软下来。一个男人，能为一个女人着急，总是爱着的。她喜欢看他为她着急的样子，这时候，她有种被疼爱的幸福。

你也会买花送她吗？她突然问他一句。

他一愣，转身搂过她的肩，说，不会。哪会呢？我一生中只会买花送一个女人，那个人，就是你。他温柔的声音，在她耳边萦绕，能融化掉一座冰峰。她释怀了，低头嗅花。这样一个特别的日子，收不到花的女人，总是寂寞的。她想到那个女人的寂寞，私底下暗暗高兴起来，没有婚姻那又怎么样呢？她拥有的，是他的心，他的爱。

她更紧地偎着他走，十九朵玫瑰簇拥成的幸福，就真的有了天长地久的感觉了。她娇嗔地要求道，晚上一起吃饭？他伸手温柔地理理她的发，说，乖，今天不行，今天我得到幼儿园接孩子的。

她有些泄气，低头不语。他好言语相哄，乖，我们来日方长。我明天再买一束花送你好不好？以后我天天买花送你，让你的房间每时每刻都浸着花香，玫瑰的花香。她就好笑地问，你就不怕破产？他笑，不要说是为你破产，就算是要去我的命，为了你，也是值得的。

这话像花香一样醉人，幸福的感觉便又像花香一样环绕着她了。她有些傻傻地问，会是一辈子吗？他信誓旦旦答，会是一辈子的。说话间，他们路过一农贸市场。那是一大型的农贸市场，里面卖什么吃食的都有，整日里热闹非常。近郊农民，会把自家种的瓜果蔬菜，用篮子装来卖。也把自家养的鸡鸭鹅提来卖。他们蹲在市场一角，就像把一个农庄给搬来了。

他陡地想起什么来，在农贸市场前站定，对她说，你等我一会儿，我进去买点东西。她还未来得及答什么，他已跑进热闹的市场里头去了。

她有些无聊地看那些进进出出的人。市场门口有个卖米的老太太，一直拿眼在睃她。她也拿眼看老太太。老太太看着看着，笑了，笑得很慈祥。这什么花哟，好看呢，老太太说。她听了，很开心。她很想告诉老太太，这叫玫瑰，是代表爱情的。而且是十九朵，代表天长地久。但她什么也没说，只是笑着，很甜蜜。

他终于出来了，手上提着一把青菜，很庆幸地对她说，呵呵，差点忘了，好在记起来了。她不解地问，买青菜做什么？他答，哦，早上春芳关照我下午买把青菜带回家的，她说晚上要烧青菜豆腐汤。春芳是他的妻，他说得极自然，像呼吸。

她的手，猛地一抖，有疼痛尖锐锐地袭上心头。低头，她看到她纤细的手指上，有殷殷的血珠子，冒了出来。她真的被玫瑰花的花刺刺着了。那殷殷的血珠子，多像零落的玫瑰花。她如梦初醒，她的甜蜜，不过是盛开在玫瑰花上的，只是一时好看迷人，却终抵不住要受伤，要凋零。真正的幸福，自始至终，是属于那个喝青菜豆腐汤的女人，那是缠绕在烟火中的，盛在家常日子里的。

寻找被标记的爱人

那一天，本来他是向南走的。

那一天，本来她是向北走的。

半路上，他突然遇到他的朋友。她突然遇到她的朋友。朋友是去参加一个聚会的。他被拖去。她被拖去。竟是同一个聚会。

满场都是别人的喜庆和热闹，他们是不相干的两个人。他挑了一个角落坐下，她也挑了一个角落坐下，安静地看着那些热闹。偶尔有人走过去，招呼道，吃水果呀。他点点头笑，好。她点点头笑，哦。再无多话。

水果吃得牙发酸。他抬了头，她也抬了头，越过一些人的肩，他与她的眼神，就那么相遇了。他惊讶于她的安静，她惊讶于他的沉稳。

他对她笑了一下。她愣一愣，回他一个笑。他记住了她眼睛下的一颗痣。母亲曾说她那颗痣长的位置不好，是颗泪痣。好像也真的应了命运，她的眼泪没少流，日子里，有诸多不顺。青春的心，早已千疮百孔。

她记住了他额角的一块疤。那块疤是他在一次车祸中留下的，那次车祸他昏迷了整整三天三夜，医院下了好几次病危通知书。最后，他却意外地痊愈了，除了额角留下的这块疤。母亲在庆幸之余，惋惜地说，破相了。命运也似乎不眷顾他，他爱的女孩，卷走他全部财产，跟人走了。

这会儿，他用眼神轻轻抚了抚她的痣，心里想的是，好特别的女孩子。她用眼神轻轻拂了拂他的疤，心里想的是，好特别的男孩子。这样想了想，聚会也就结束了。到处是告别的人。他跟了他的朋友走，她也跟了她的朋友走。在门口的灯光暗影处，他回了回头，她回了回头，一屋的灿烂还在，那人却不见了。

他回到他的日子里，她也回到她的日子里。大街两旁，梧桐树上的叶，绿了，黄了。黄了，绿了。有时，他会想一想那晚，想一想她眼睛下的那颗痣。如潮的人群里，他会有意地寻一寻，却从不曾再遇见她。有时，她也会想一想那晚，想一想他额角的那块疤。寂寞的日子，就这样一天一天过去了。

一晃的，他和她，都成了大龄青年，几乎天天被家人拖着去相亲。却在每次相亲时，他会想起她的痣，她会想起他的疤。每一场相亲，都无疾而终。日子渐渐地累了，倦了，他简单收拾了一下行囊，出外散心。他想，等回来后，一切会从头来过。

却在车站，与她不期而遇。售票处，她把钱递到窗口，说，到丽江，一个人。窗内的票很快递出来，粉红的一小张，被她捏在手上，她舒了口气，转身欲走。等在她身后的他，听到她说“丽江”，忍不住轻轻把她拉住，他说，嗨，我也去丽江。一抬头，两个人都惊讶地愣住了，他看到她的痣，她看到他的疤。一个人的旅程，成就了两个人的爱情。

现在，他和她常常幸福地对望，他抚着她的痣，她摸着他的疤，心里感激着，甜蜜着。原来，上帝早已给相爱的人留下了特殊的标记，好使他们在尘世迢迢里，能够找到彼此。

十五年的等待

她在二十岁的那年，遇见他。

那个时候，她还是一棵嫩葱似的，周身蓬勃着青春的气息，漂亮，活泼，纯真。

那个时候，他已娶妻生子，是一个典型的成熟男人，刚劲而沉稳。

她根本没想过他们之间会发生故事，在认识的最初，她甚至在心中把他当长者看待，一口一个老师地追着后面叫，叫得恭敬而谦卑。

他教她如何写文章，他的文章之好在当地是出了名的。而她，是刚分进报社的最年轻的记者，自然要历练一番文字的。

她的文章渐渐写上路了，对他的依恋也越来越深。和他在一起时，她有种莫名的快乐，欣欣然的，想飞。而他对她，亦有种说不清的情愫，在她不在跟前时，他的脑中，时时晃过她微笑的眼。他明白，那是思念。

他不能任由这种感情滑翔，他不舍得伤害她。所以，当她又一次拿了文章去让他改时，他竭力稳住自己，定定看她半天，笑着说，丫头，你可以出师了。那一刻，她的心，宛如在草尖上滑过，痛得不知所以。

空气中，有大把大把的花香。已是三月了，月季开了，桃花、梨花开了，满世界的姹紫嫣红啊。可是，她却感觉到凋零。

在她慢慢转身而去的时候，他突然叹口气，伸了手，拂了拂她额前的发，动作轻柔而温暖，像他的呼吸。她的泪忍不住喷涌而出，大颗大颗的，沿腮边而下。每一滴泪，都仿佛滴在他的心上，他有着微醉的疼。再也控制不住了，他一把揽她入怀。

他们好上了。那是她的第一场恋爱，她倾尽全部热情沉入进去。没有人看好她的爱情，她的父母更是激烈反对，甚至以断绝家庭关系相要挟，但她就是不肯回头。为了他，她纵使做只扑火的飞蛾，亦是愿意的。

他感动于她的投入，决心要对她负责，遂回家提出离婚。但离婚却是行不通的，反应最强烈的不是他的妻，而是他的母亲。他的母亲一听说他要离婚，立即气得病倒了，丢下话来，若是他离婚，她就死给他看。

他是出了名的孝子，从小失去了父亲，是母亲艰难地一手把他拉扯大，有好吃的尽了他吃，有好穿的尽了他穿。如今他长大成人，怎能违拗了母亲？

婚自然没离成。他觉得对不起她，对她流着泪说，不如分手吧。她摇头，再摇头。握紧他的手，意志坚定地说，她不在乎有没有名分的，只要两个人真心相爱。那个时候，她对他们的未来充满信心，她还有长长的青春可以用来等待啊。

这期间，他的母亲突然中风，半身不遂。他再没过过舒心的日子，日日守在母亲床头，倾尽心力哄母亲开心，哪里还敢提离婚这样的话题来惹母亲难过？

她的等待，便变得遥遥无期。一年，一年，花开了谢，谢了再开。她的青春，在等待中悄然而逝，竟是不落痕迹的一场花开。

和她一起毕业的同学，他们的孩子都快高过她的头顶了。孩子们羞涩地叫她阿姨，她笑着应，心口却一阵一阵地疼。同学劝她，赶紧嫁了吧。她笑，不急不急啊。改日见到他，他眉眼里都是兴奋，他说，老母亲最近身体好多了，可以扶住墙站一会儿呢。她无言。

一日，她一个人逛商场，看到一家三口在买衣，男人给女人买了再给孩子买。一家三口，笑意融融，亲亲热热的，脸上满满的，都是快乐。她站着看，看呆了。心中突然有泪，淅淅沥沥。十五年了，她竟等了他十五年了！那一刻，她委屈得无以复加。那一刻，她渴望出嫁。

再见到他，她平静地说，分手吧，我要嫁人了。

他呆住，好半天才问，你不爱了吗？

我还爱吗？她问自己。曾经被她视为生命似的爱情，如今在她，却像天边飘过的一抹流云。美丽，却不真实。她的热情耗干了，她累了。

原来，等待也会苍老的。十五年，足以把一颗爱情的心，等老了。

转身而去的时候，她没有回头看他。她的背后，日暮苍苍。十五年的花开花谢，她的青春，慢慢剥落。

可好的是，还有一段岁月可走。她要好好去走，走进一场凡俗的婚姻里，哪怕一天为那个人做三顿饭，她亦是幸福的。